― 書き下ろし長編官能小説 ―

ふしだら田舎妻めぐり

桜井真琴

竹書房ラブロマン文庫

目次

※この作品は竹書房ラブロマン文庫のために
書き下ろされたものです。

第一章　はじめては農家の人妻と

1

（……こ、腰が痛いっ……し、しんどいな）

青葉直紀《あおばなおき》は、鎌《かま》を持ったまま立ちあがり、悲鳴をあげている腰をとんとんと手で叩いた。

軍手を嵌《は》めたままで、額から流れる汗を拭《ぬぐ》う。

四月とは思えぬほどの日差しが照り、鎌が陽光にきらめいている。

直紀は、この春からの赴任の地を改めて眺める。

（雄大と言えばいいもんだけど、なんもないというか……）

残雪のまだらな越後山脈のふもとには、豊かな里山が広がっていた。

山あいの斜面に階段のように連なる棚田には、田植え前で満々と水が張られ、美しい緑を映している。

「大丈夫？　疲れた？」

広瀬美智子《ひろせみちこ》が鎌を持った手で額の汗を拭いつつ、訊《き》いてきた。

「い、いえ……大丈夫ですっ」

思わず強がった。

本当は今すぐ腰を下ろしたいくらいに、ヘトヘトである。

だけど美智子に弱音は見せたくない。

なにせ、四十二歳とは信じられないくらいに、若々しくて魅力的な美熟女で、もろに直紀のタイプであり、いいところを見せたかったのだ。

(しかしキレイだなあ、遙香《はるか》ちゃんのお母さん。田舎《いなか》にもこんな美人で純朴な人妻がいるなんてなあ)

大きな麦わら帽子の下は、黒髪のポニーテール。その髪型が清楚な美智子によく似合っていた。

睫毛《まつげ》が長く、奥二重《おくぶたえ》で、目尻が少し垂れた優しげな目。

落ち着いた雰囲気で、柔和な感じがいい。

安心させてくると同時に慈愛に満ちた美しさを醸し出している。

そんな雰囲気なのに、ムンムンとした色香を感じる。

それは、左の目の下にある小さな泣きボクロのせいだろう。

困ったような、甘えるような表情に見えて、男心をくすぐってくるのだ。

「直紀くん、どうする？　少し休んでもいいけど」

「が、頑張ります」

ついつい直紀はやせガマンして、やれるという決意を見せる。

「ウフフ。おばさんと違って、まだ若いものね」

「いえ、そんな……」

（あっ）

会話の途中、ふいに視線が、美智子のTシャツの胸元に吸い寄せられた。

（ブラジャーが……透けてるっ）

汗で濡れたTシャツが素肌に張りついて、肌色はおろかブラジャーの模様までも浮き立たせていた。

とにかく慌てた。

二十四歳でまだ経験のない直紀には、透けブラでも勃起対象だ。

「どうしたの？」

美智子がきょとんとしていた。

まずい。慌てて視線をそらして汗を腕で拭う。

「えっ、いや……おばさんなんて言うから……遥香ちゃんのお母さん、キレイだし、全然若くて……僕の母親とは雲泥の差ですっ」

直紀は顔を熱くさせて、そんな台詞《せりふ》を言ってしまう。

彼女はクスクスと笑った。

「フフっ、都会の子はお世辞も言えるのねえ、気をつかわなくてもいいわよ。さ、この一帯を終えたら、今日は終わりにしましょう」

美智子も草刈りに戻る。

Tシャツの背に、ブラのホックが浮いている。

それだけじゃない。

かがんだときに見せるデニム生地の尻のデカさも、目の毒だった。

(農家のおばさんのカラダってムチムチでいやらしいな……農作業ってかなりしんどいから、腰が細いのにお尻や太ももがボリュームたっぷりなんだな……)

カラダつきはいやらしいのに、顔立ちは清楚である。

そのギャップがたまらなかった。

(正直、遥香ちゃんよりタイプなんだよな、ごめんっ)

心の中で遥香に詫《わ》びる。

といっても、彼女とは別に何もしてないんだけど……。

2

保険福祉省に勤める公務員の直紀は、この春「雇用助成金」の正しい使い道を確認するために、全国の何カ所かをまわることになった。

最初の赴任地が新潟県にあるY村だった。

正直、左遷《させん》みたいなもんだと思った。

まがりなりにも省の職員が、村役場で働くのである。

げんなりしながらも、最初の赴任地であるY村の役場に来てみれば、新人職員の広瀬遥香がいて、仕事を手伝ううちに仲良くなり、彼女に好意を持たれたのだった。

ちなみに直紀は女性にモテたことがない。

しかも童貞だ。

だから女性と親密になるのも初めてで、浮かれてしまい、ついついそんなに遙香のことが好きでもないのに、ふたりきりで食事に行ったりしてしまった。

後悔したのは、彼女の母親、美智子と出会ったときである。

直紀のタイプだった。

狂おしい激情に駆られ、いけないと思うのに何度も美智子の裸を想像して、オナニーしてしまうほど熱をあげてしまっていた。

そのため、遙香の誤解を解かねばと思いつつも、美智子と会えるからと、ついついこうして休みの日に遙香の家にお邪魔して、草刈りまで手伝ってしまっていたのだった。

(それにしても……二十歳《はたち》の娘がいるなんて思えないよな。こんなにエッチな身体をしてるのに……ああ、ギュッとしたら柔らかそう)

手を洗ってリビングに戻り、食事の支度をしている美智子の後ろ姿を見ながら、直紀はときめいていた。

草刈りを手伝った後、今夜は旦那が出張でいないし、一緒に夕食をどうかと誘われた。まだ美智子と一緒に過ごせるのはラッキーだった。

遙香が天ぷらの乗った大皿を、ダイニングテーブルに運んでいく。

「あら、上手に揚がったじゃないの。直紀くん、山菜は食べたことある？」

美智子の言葉に、直紀は天ぷらを眺めた。

「ウドとか、そういうんですよね」

「よく知ってるわね。このへんだと、他にもタラの芽とか、ぜんまいとかね。苦みがあって、ビールとかに合うの」

美味《おい》しそうだな、と直紀は唾《つば》を飲む。

「スーパーで売ってたの見たことあります。高くて買えないけど」

「山菜って高いの？　ちょっと山に入れば、すぐに採《と》ってくるのに」

母娘は顔を見合わせて、笑う。

なるほど、田舎は自給自足なんだなあと、ちょっとうらやましく思った。

「その前にお風呂どうぞ。下着は買い置きのものがあるから。うちの人のだからちょっと大きいサイズかもしれないけど。バスタオルもかけてあるの使って」

美智子がキッチンで手を洗いながら言う。

「いえ、そんな……悪いですよ」

夕食をご馳走になるだけでなく、風呂まで入ったらもう、娘のカレシみたいなものではないか。

そう思って断るも、

「遠慮しなくていいから。お風呂あがりに一緒にビール飲みましょうよ。今日は夫が出張だから、ハメを外せるし」

と、美智子に言われたら、押し切られるしかなかった。

「やだもうママったら。すぐ赤くなって、寝ちゃうくせに」

遙香が笑う。

「弱いけど、好きなんだもん。いいでしょう？　大丈夫よ、寝たらきっと直紀くんが運んでくれるから」

言いながら、美智子がポニーテールにしていた髪をほどく。

肩までのミドルレングスの艶髪《つや》が広がり、いっそう大人の女性らしい色っぽさを感じてドキドキする。

美智子がこちらを向いた。

ふいをつかれてハッとする。

（やばい……ッ）

直紀はすっと視線を外し、

「じゃあ、すみません。お風呂かります」

そう言って、逃げるようにリビングから出た。

「お風呂は、右の扉だからねー」

リビングから声がした。

「はーいっ、わかりましたあ」

扉を開けると、洗面台と脱衣所があった。

左手の磨《す》りガラス戸が浴室だ。

(危なかった……お母さんの方を、赤くなってじっと見てたなんて……でも、見てたのバレたのかなあ)

ずっと気になってしまった。

なので、直紀はシャワーのみで風呂を出た。

かけてあったバスタオルをとって身体を拭きながら見れば、洗濯機の上に、Tシャツとパンツだけでなく、ジャージのようなものも置かれている。

もう自分の泊まりは確定しているようだ。

ますますヤバいなあ、と思いつつ、リビングに戻る。

「え？　もう出たの？」

遙香が驚いていた。

「直紀くん。気をつかわなくてもいいのに。ゆっくりできなかった？　お風呂は古いままだしねえ」

美智子が心配そうな顔をした。

「いえ、そんなことないですよ。というか、お腹すいて……」

ふたりが笑った。

（よかった。おばさん、普通に接してくれてる。へんな目で見てたのバレなかったみたいだ）

「お腹すいたもんね、じゃあ早く食べましょうか」

三人で乾杯すると、夕食となった。

ふたりとも飲んべえだったのは、うれしかった。

すぐにくだけてきて、緊張がほぐれていく。

雪深い北陸の人間は警戒心が強いが、打ち解けるととてもよくしてくれると、何かの本で見たことがある。

だが、そのうちに遥香が寝てしまった。どうやら飲み過ぎたらしい。

美智子とふたりだけになると、彼女は時計を見て言った。

「私もお風呂入ってくるわね。どうぞ、ラクにしててね。眠かったら仏間に布団敷いたから。直紀くん、仏壇とか怖い？」

「怖くないですよ、悪いことしてないし」

「ウフフ。そう、よかった」

美智子がいなくなると、さてどうしようかなと思った。

（遙香ちゃんが先に寝てくれたのは助かったな……）

おそらく遙香が起きていたら、美智子も気を使ってふたりを一緒の部屋で寝かせたかもしれない。そうなったら、童貞だから、遙香が迫ってきたらシテいただろう。

（それでもよかったかなあ……）

でも初エッチするなら、美智子としたかった。

（無理だよなあ……）

妄想はやめにして、メールでもチェックしようとか思い、はたと気づいた。

スマホを脱衣場に置いてきたのだ。

（どうしよう、今、遙香ちゃんのお母さんがお風呂入ってるし……）

よからぬ気持ちが湧いてきた。

スマホを取りにいくだけだ。そう、それだけだ。

自分に暗示をかけるようにして、脱衣場に向かう。

閉まった戸の前にスリッパが並べてあった。

それを見ただけで、心臓が高鳴る。ドアを隔てた向こうには、素っ裸の美智子がいるのだ。

落ち着け、落ち着けと自分に言い聞かす。

スマホを取るだけだ。

震える手でドアをノックする。

「遥香ちゃんのお母さん、すみません。スマホを忘れてしまって。メールを早めに見たくて……」

「いいわよ、どうぞ」

あっさりと言ってくれたのは、やはり美智子自身が性的な対象になっていないと思っているからだろう。

ドアを開けると、半透明のガラス戸の向こうで、肌色が動いていた。

(ああ、お母さん……！)

シルエットで、はちきれんばかりの胸のふくらみが見えている。

(なっ、で、デカいっ、おっぱい)

少し垂れ気味ではあるものの、しっかりと下乳が丸みをつくっている。

しかもだ。

乳房だけではない。

腰のくびれから広がる豊満なヒップは、たっぷりと甘みをたくわえた完熟桃のような、なんとも美味しそうな丸みだ。

（くうう、おっぱいもお尻も迫力だ……）

清楚な美貌とは裏腹に、熟れきったグラマーボディを持っているのだから、侮《あなど》れない。

口元のヨダレを拭きつつ、直紀はハッとした。

（ずっと見ているのは……ヤバいっ）

夢中だったことに気づき、後ろ髪引かれる思いで洗濯機の方に視線をやる。

自分のスマホがあった。

安堵と同時に、洗濯カゴを見てしまい、息がつまった。

（お、お母さんの脱ぎたての下着っ……！）

服がきちんと畳まれて、その上に白いブラジャーとパンティが置かれていた。隠してないのが、いかにもおばさんという感じだ。

自分の下着になど、若い男は興味ないと思っているのだろう。

（こんなに無防備だなんて……）

直紀はそっと脱ぎたての下着に顔を近づける。

純白パンティは、かなり大きめだ。

腰までしっかりと包み込むタイプで、レースが申し訳程度についている、いかにもおばさんの普段使いのパンティだった。

（一日中草刈りをして……分泌した汗や、体臭、それにおまんこの匂いも、しっかりとこびりついているはず）

だめだと思うのに、手が伸びていた。

（ま、まだあったかい……）

心臓を高鳴らせながら、震える手で美智子のパンティを広げる。

（うわっ……パンティ……ん？　こ、これ……なんだろう？）

確かめるためにクロッチをさらに大きく広げた。

ちょうど女性器が当たる部分に、クリーム色に濁った粘着性のシミが、べっとりと付着している。

（も、もしかして……これって……）

女性がどういうときに分泌するのかわからないが、発情した証《あかし》ではないかと身体が熱くなる。おそるおそる顔を近づけてみた。

ツンとする濃い匂いだった。

だが、この匂いもあの可愛い熟れ妻のものだと思えば、胸がときめいた。

（ああ……お母さん、エッチなことを考えていたのかな……あんなキレイな人が、いやらしいことを考えて、おまんこを濡らすなんて……）

妄想しただけで股間が破裂しそうだった。

もうだめだと直紀はパンティをそっと置き、バスルームを出てそのままトイレに直行する。

硬くなった肉棒を握り、トイレットペーパーで先端を包む。

二、三回こすっただけで、大量の白濁液がペーパーの中にザーメンの溜まりをつくるのだった。

3

招かれた家で、自慰行為をしてしまった。

そんな恥ずかしさがあって、客間の布団に潜り込んだものの、悶々としてどうにも寝られそうになかった。

こっそりとリビングに戻ってみると、まだ明かりが漏《も》れていた。

「あら、寝られなかった？」

美智子が座っていた。ウフフと笑って、目を細める。

ドキッとした。

目の下の泣きボクロと、ほのかにピンク色に染まった肌が色っぽかった。

ベージュの部屋着は、ミニ丈なので太ももが見えてるし、おっぱいのふくらみもしっかり浮いている。

直紀はカアッと顔を熱くする。

先ほど脱衣場の美智子の下着を漁《あさ》り、パンティのクロッチに付着したいやらしい分泌物まで見てしまったのだ。

罪悪感でまともに顔が見られない。視線をそらして答える。

「つ、疲れてたんですけど、なんか目が冴えてしまって」

「そう。じゃあ、もう少し一緒に飲まない？」

「え……あ、お、お願いします」

「わあ、うれしい」

どうやらまだ酔っているらしく、美智子はやけに楽しそうだった。

（よかった……バレてないな）

脱ぎたてのパンティを広げて、いやらしいシミまで見ていたなんて知ったら、さすがに優しい美智子でも、こんな風に普通に接することはできないだろう。

「はい、どうぞ」

美智子が前屈みでビールを置いてくれた。

（ああ……見えたっ。胸元が緩《ゆる》いから……）

ベージュの部屋着の襟《えり》ぐりから、白いブラジャーと胸のふくらみが見えた。ほんのり朱色に染まった乳肌と、白いブラのコントラストが実にエロい。

「意外とお酒強いのね」

ビールを持ってきた美智子が感心したように言う。

酔っているから、直紀を見る目つきがとろんとして、目の下のホクロと相俟《あいま》って色っぽさが増している。

「そんなに飲んでないからです」

「そうなの？　おばさんはちょっと酔ったみたい。ごめんね。でも酔ったついでに訊くけど、遥香のことはどう思ってるの？」

「え？」

　酔いが一気に醒《さ》めた。

「直紀くんは三カ月で別のところに行くんでしょう？　確か今は、民宿に長期で泊まっているのよね」

「は、はい」

「そう……あ、ううん、結婚とかは言わないわ。それは娘とあなたの話だから。でも直紀くんが娘をどう思ってるかくらいは訊いておきたくて……」

　しごく真面目に訊いてくる。

　母親としては当然だと思った。

「あの、実は……ごめんなさいっ、違うんです」

「え？」

「僕はその……遙香さんとつき合うつもりは……」

　さすがにもうだめだと思った。

　ここまで美智子のことを想ってしまえば、はっきりとさせないといけない。

「どういうことなのかしら……」

　美智子が顔を曇らせる。

「僕が悪いんです。誤解させるようなことをしたので」

直紀は遙香との経緯を話した。

なるべく誠実に、そのときの気持ちを正直に伝えた。

すると、最初は訝《いぶか》しんでいた美智子の表情も「やれやれ」という、慈悲深いものに変わってきてホッとした。

「女性とはつき合ったことが……だから遙香に迫られて、断られなかったのね」

「ふたりきりで食事に行ったのは軽率でした。それにこうして家に招かれて、ついつい来てしまったし」

美智子はため息をついた。

「遙香にちゃんと謝れるかしら」

「それは、もちろんです」

「よかったわ」

美智子がグラスを持って、直紀の目の前に掲げてきた。

おそるおそるグラスを合わせると、美智子はぐいと飲み干した。

直紀もグラスを呷《あお》る。

だが、ホッとしたのもつかの間……。

「でも直紀くん。あなた気になる子がいるみたいに感じるんだけど、こっちに来てから見つけたの？」

思わずビールを噴きそうになった。

「いや、それは……」

適当に流すこともできただろう。

だが……。

どうせいるのは三カ月だ、という捨《す》て鉢《ばち》の気持ちが湧いた。人妻なんだからダメに決まっているが、気持ちだけすっきりさせたかった。

「い、います」

「へえ、どんな人？」

興味津々《しんしん》で訊いてくる。

「だ、だいぶ年上なんですけど、すごく可愛くて」

「ふむふむ。そんなの大丈夫よ、今の時代は年の差なんて別に……」

美智子がまじまじと見つめてきた。

顔を赤らめつつ、直紀は言う。

「僕が好きになったのは、お、お母さんっ、美智子さんです」

「へ？」

美智子は目をパチパチとさせてから、

「ええっ！　や、やだもう。酔ってるのかしら。何かへんなこと口走ってるわよ、直紀くん」

真っ赤になっている。

可愛い。本当に可愛い。

「間違ってないです。初めて会ったときから、ずっと好きで……遙香ちゃんの家にきたのも、お母さんと会えるからで……」

「いやいやいや……待って。ちょっと待って。そんなこと言われても、あの……私と、えーと、十八歳も違うじゃないの。ううん、それより何より私、人妻よ」

「わ、わかってますけど……仕方ないんです」

「娘じゃなくて、私が好きなんて……そんな……」

戸惑っていた。

だが、ちょっとうれしそうにも見えて、直紀はそれだけで満足した。

「ねえ、私ってあなたのお母さんと同じくらいの年でしょう？　それって……ああ、そっか……お母さんみたいで好きってことよね」

「違いますっ、ひとりの女性としてで……僕、美智子さんのことを想って、エッチなことも考えてしまうし……」

直紀が真っ直ぐに見ると、美智子が赤ら顔でいやいやした。

おそらく今まで無防備だったことを恥じらっているのだろう。入浴のときや、刺激的な部屋着や、襟の緩いTシャツ、すべてが挑発的だったのだ。

彼女はうわずった声で訊いてきた。

「ほ、本気なの？」

「もちろんですっ」

その答えに、美智子は大きく嘆息した。

「……若い子にそんな風に言われて、ホントにうれしいのよ。おばさんも勘違いしちゃいそう。だけど、やっぱりそれには応えられないと思うの。ごめんね」

美智子が諭《さと》すように言ってきた。

きっぱりと言われて、諦めがついた。

気まずい雰囲気になったので、直紀は早々に「ごちそうさまでした」と言って、仏間に戻っていった。

4

布団に潜り、息を整える。
（言ってよかったな……）
若い子に告白されて、うれしいと言っていた。
それが聞けて十分だった。
目を閉じていると、外の蛙《かえる》の声が心地よくなってきて、うつらうつらした。
そのうちに、ペニスが硬くなっていくのが、まどろみの中でわかった。
「うっ……」
直紀は呻《うめ》き声をあげる。
ほっそりした指が、ジャージの上から股間部分をいじってきていた。
（すごい気持ちいい夢だな……）
久しぶりに夢精してしまいそうだった。
危険を感じて目を開ける。と同時に、人の気配をはっきりと感じた。
（ゆ、夢じゃない……誰かが抱きついてきて、僕のチンポを触ってる。僕を夜這《よば》いしてるの誰？　遙香ちゃん？）

直紀は意識を集中させる。

噎《む》せ返るようなムンムンとする甘い体臭と、柔らかな女体の感触。

そして仄《ほの》かな息づかいに、温かなぬくもり……。

あふれんばかりの色香と成熟しきった身体は、遙香のものではないと感じた。

（こ、これはまさか……まさか……）

鳩尾《みぞおち》のあたりに押しつけられている悩ましい胸のふくらみも、おそらく遙香のバストサイズではない。

「お、お母さん……」

ドキドキしながら名を呼ぶと、耳元で色っぽい息づかいが聞こえた。

「シーッ……言わないで」

湿った声を漏らしつつ、美智子の手が直紀のジャージの下とパンツを下ろした。

「えっ……あっ！」

屹立《きつりつ》が布団の中で露出する。

その硬くなった性器を、温かな手でキュッとつかまれた。

「あうう！」

びんっ、と屹立が欲情を示す。

初めて女性から直接握られた。しかも、憧れの美熟女にだ。

「あまり大きな声を出さないでね、遥香に気づかれちゃうから」

耳元でささやかれて、軽くパニックになった。

「ウフフッ。女性とはまだって言ってたわよね。こういうのも初めて？」

背後から、優しい声が耳をくすぐってくる。

「は、はひ」

「あんっ、すごく苦しそうね。こんなおばさんでいやじゃなければ、お手々でラクにしてあげましょうか」

お手々で何をされるのか、と思った矢先に、根元から先端に向けて優しい指でゆったりとこすられた。

「うぐっ」

全身に電流が流れたみたいに、身体が強張《こわば》る。

「フフッ、可愛いわ。だけどここは荒々しくて、すごく硬いのね」

チュッと首筋にキスされて、淫らな手コキが続いていく。

（……夢じゃないよな）

ドキドキしすぎて、頭がとろけそうだった。

「あの、お母さんっ……ど、どうして……」

なんでこんなことをしてくれるのか。

同情だろうか、それとも憐憫《れんびん》だろうか。

「あんっ、だって……直紀くんの視線。実はね、なんとなくわかってたの。若い男の子だからアラフォーのおばさんの身体でも興味あるのねって」

慈愛に満ちた熟女の言葉が続く。

「でも、私のことが好きだって言ってくれて……いけないと思うんだけど、すごくうれしくて。それで思ったの。私なんか好きになって可哀想《かわいそう》だなって。だから……」

言いながら、勃起を握る手に力が込められる。

「くううっ……」

「痛くない？」

直紀はこくこくと頷いた。

「ウフ。ハアハア言っちゃって、可愛いわ……ねえ、これを思い出にできるかしら。少しだけでも……ううん、もう正直に言っちゃうと、私も楽しませてほしいの」

「えっ……」

淑《しと》やかな熟女の口から、快楽を欲しがる言葉が出て驚く。

（た、楽しませてほしいだなんて……）

心臓が飛び出そうなほど、心がときめいた。

期待に胸をふくらませていると、肩をつかまれた。

思い切って寝返りを打つ。

月明かりでわかる。

柔和な美貌が目の前にあって、全身が沸騰するほど緊張する。

（ち、近いっ……）

潤みきった瞳と、目尻のホクロに男心を揺り動かされる。

美智子は困ったようなせつなげな表情を浮かべながら、すっと顔を近づけてきて、唇を重ねてくる。

（キ、キスだっ……お母さんと、キス……）

柔らかな唇の感触に、ぽうっとしているときだ。

「ウフッ……ねえ、これ……近くで見せてね」

えっ、と思う間に美智子は身体をズリズリと下げていき、布団に入っていく。

「み、見せてねって……あっ……」

布団の中で、勃起がさわさわといじられている。

「あんっ、すごいわね……そりかえって……先端がぬるぬるしてて」

肉竿《にくざお》に熱い吐息がかかる。

熟女は竿の表皮を引き延ばしたり、睾丸の感触を確かめたりして、じっくりと観察している。

「くうう、そんなに僕のを見ないでくださいっ。恥ずかしいです」

じっくりと性器を弄《もてあそ》ばれて、身体が震える。

「ウフフ、すごくエッチな匂いね……あんっ、手の中でびくびくしてるわ。ねえ、直紀くん。恥ずかしがらずに声を出していいわ。だけど、大きな声はだめよ」

美智子が亀頭を撫でてきた。

それだけで、猛烈な歓喜が全身を貫く。

「くううっ、そんなにしたら……た、たまりませんっ」

撫でるたび、にちゃあ、にちゃあと透明な汁の音が立つ。

「あんっ、だって……おばさんも久しぶりなのよ……好きなようにさせて……」

美智子がハアと温かな吐息を漏らす。

布団の中に、汗やホルモン臭に混じり、美熟女の濃厚フェロモンがこもっていく。

その淫靡《いんび》な匂いにうっとりしていると、いよいよ美智子は本格的にペニスを手でこすってきた。

とろとろのカウパー液を男根全体に塗りつけ、ほっそりした指で環《わ》をつくって茎胴にからませてくる。

「くううう……」

尿道が熱くなり、射精前の甘い陶酔が、頭の中をとろけさせていく。

（い、いけない……もう出したらっ……終わっちゃう）

憧れの女性の手のイタズラを、少しでも長く脳裏に刻みたい。

「く……ううっ」

直紀は奥歯を噛《か》み、下腹に力を入れて射精をこらえようとする。

「あんっ、だめよ……」

布団の中から、美智子が優しく言う。

「ガマンしないで。出したくなったらそのまま出して。おばさんに甘えていいのよ」

ウフフと笑った次の瞬間、

「ンンンッ！」

ゾクゾクッとした痺れが走り、手足が震えた。

生温かくてねっとりしたものが、ペニスの裏筋を這いずったのだ。

布団の中を覗けば、美智子が長い舌を伸ばして裏筋を舐《な》めあげてきていた。

ツーッ、ツーッと勃起の根元から先端までを舌で愛撫しつつ、「どう?」とばかりにとろけた目をこちらに向けてくる。

「な、舐めるなんて。僕のなんて汚いですっ……」

快感に身悶えしながら直紀が訴える。だが、

「あふんっ、汚くなんかないわ。直紀くんのオチンチン、美味しい……。すごく苦いけど新鮮って感じで……」

美智子はそう答えて、さらに激しく舐めてきた。

……じゅるる、ちゅっ、ちゅぷっ……。

舌が動きまわり、唾とカウパー汁の音がいやらしい協和音を奏《かな》でている。可愛らしくても、やはり経験豊かな人妻だ。慣れている。

(こ、これがフェラチオ……気持ちよすぎっ)

憧れの人が、そこまでしてくれるということは、やはり好意を持ってくれているんだとうれしくなって、呆《ほう》けてしまう。

さらにイケナイ場所を舌が這ってきた。

ガマン汁を噴きこぼす鈴口を人妻の舌が這いずり、さらには亀頭冠を一周ぐるっと舐めてくる。

「は、はううっ！」

あまりの快感に、直紀は呻く。

さらにだ。

美智子がいよいよ、そのまま頬張ってきた。

「ンンッ！」

勃起が温かく、湿った口腔に包まれる。

「くうう……」

目が弾《はじ》けてしまいそうだった。

「お、お母さんの口の中に、僕のチンポが……ああ、たまりませんっ」

震えながら言うと、頬張ったまま美智子が見てきて、勃起を口からちゅるっと吐き出し、また舌で包むように舐めてきた。

「はむぅ、んふっ、んふぅんっ……大きいわ、すごく。どう、気持ちいい？」

「は、はひっ……夢みたいです。お母さんみたいなキレイな人が、僕のチンポをこんな風にエッチにしゃぶってくれるなんて」

美智子は目の下を赤らめて、恥ずかしそうに目を伏せる。

「もうっ直紀くんったら。ストレートに言わないで。でもうれしいわ、こんな田舎のおばさんをキレイな人だなんてっ、あむっ、んふぅっ……」

んちゅ、んちゅ……ぬちゃ、ねちゃっ……。

キレイと言われたことがうれしかったのか、美智子のフェラに熱がこもる。

咥《くわ》え込んで吸引しながら、よく動く舌が表皮を包んで、直紀のペニスをヨダレまみれにしていく。

「ううっ、そんなっ……だめっ……出ちゃいますっ」

これほどまで情熱的なおしゃぶりをされては、童貞には太刀打《たちう》ちできなかった。

腰が痺れてきて、シーツをつかんで背をグッと持ちあげてしまう。

「むふん……いいのよ。ガマンしないでって言ったでしょ。私のおクチに出してもいいのよ、気の済むまで、ね？」

勃起の先を手で包みながら、優しげな美貌で微笑んでくれる。

「直紀くんの、飲んであげたいの……」

泣きぼくろの困り顔で、上目遣《うわめづか》いに見つめられてそんなことを言われたら、もう理性など働かすのは無理だった。

激しい舌づかいと、唇の甘い締めつけに肉茎の芯が痙攣《けいれん》した。
「ははああっ、くううっ、お母さんっ……だめっ！」
熱いエキスが、どぷっ、どぷっ、と切っ先から噴き出していく。
あまりの気持ちよさに全身が痙攣した。
（ああ……口の中に射精しちゃってるよ……）
美熟女は驚いたように目を開く。
おそらく、想像以上の量だったのだろう。
しかしだ。
「ンンッ……」
美しい人妻はそのまま目をつむった。
布団の暗がりに、白い喉が動いているのが見えて、直紀は打ち震えた。
（ホントに精液を飲んでくれてる……あんなに臭いのに……）
ふわりと至福が身体を包む。
いつもの射精終わりの気だるさよりも、自分の出したザーメンを飲ませたというう
れしさが強かったのだ。
美智子はようやく勃起を口から離し、口元を手で拭った。

「はああん、直紀くんの……熱くて濃いわ……どろっとして……」

「す、すみません……口に出しちゃって」

いいとは言われたが、平然と出してしまったことには罪悪感があった。

それでも美智子は慈悲深く微笑んでくれる。

「いいのよ。あなたが悦《よろこ》んでくれたら……」

美智子が身体をズリあげてきた。

部屋着の襟ぐりから、ブラジャーが見えた。また肉棒が大きくなっていくのを感じて、自分でも驚いてしまった。

5

げこげこと蛙の声が響いていた。

「えっ？　あんっ、ウソ……」

布団から出てきた美智子が布団をめくり、直紀の股間を見て恥じらった。

「もしかして、一度出しただけじゃ収まらないの？　若い子って……」

困惑した表情だった。

「普通は収まるんですけど……今、お母さんの……胸を見てしまって……」

「あっ……」

美智子はハッとして胸元を押さえる。

「エッチなんだから」

じろりと睨《にら》んでくるも、すぐに柔和な表情に変わってクスッと笑う。

「いいわ。おばさんでよければ。オクチだけじゃなくて、女の人としてみたいわよね」

刺激的な言葉に、直紀は息を呑む。

「えっ？　ホ、ホントに……ホントに……いいんですか？」

あわあわしていると、美智子が真っ直ぐに見つめてくる。

「むしろ私が『いいの？』って訊きたいくらいよ……おばさんが直紀くんの初めてになるのよ。いい？」

頷いた。何度も頷いた。

「い、いいに決まってますっ」

慌てて言うと、ウフフと頭を撫でてくる。

そうして、少しためらいながらも、美智子は自分の部屋着をたくしあげ、一気に剝《む》きあげた。

（ああ！）

直紀は目を見張った。

美智子が頭からワンピースを抜き取った瞬間、白いブラジャーに包まれた乳房が、ぷるるんと揺れて露《あら》わになった。

刺繍《ししゅう》の入ったフルカップのブラジャーが、はちきれんばかりのたわわなふくらみをギュッと押さえつけている。

それだけじゃない。

下半身も、白いパンティを身につけただけの姿になっている。

（し、下着姿……ブラとパンティだけのおばさんが目の前に……）

昼間からチラチラと見えていた刺激的なブラチラやパンチラが、ちらりではなく今は全部見えている。

どうしたらいいかと緊張していると、美智子が頭を撫でてきた。

ふわっと、甘いラベンダーのような匂いと、汗の甘酸っぱい匂いがした。

「恥ずかしいわね……だらしない身体でしょ」

「そ、そんなことないです。お母さんの裸、み、魅力的ですっ」

言いながら、月明かりに照らされた熟れきったセミヌードに、直紀はハアハアと息があげつつ凝視した。

「うふん……うれしいわ。じゃあ、もっと見たいわよね」

美智子は両手を後ろにまわした。

ブラジャーがくたっと緩み、支えのなくなった乳房がもろに見えた。

息がとまった。

(こ、これが女の人のおっぱい……)

大きかった。

裾野《すその》がわずかに垂れてはいるものの、下乳がしっかりと球体をつくっている。

頂《いただき》の乳輪は大きめで、ココア色にくすんでいる。

(遙香ちゃんも、このおっぱいを吸ったのか……)

経産婦らしい乳頭が、母性を感じさせてくれる。若い女性の均整のとれた美乳よりも、熟女のおっぱいは実にいやらしかった。

「いいわよ、触って」

「え、はい……」

震える手を乳房に押し当てる。

片手ではつかみきれない大きな乳肉に指を食い込ませると、思った以上に柔らかくて指が沈み込んでいく。

（ああ……おっぱいって、こんな感触なんだ……）

揉みしだくと、乳の肉層がぶわんと指を押し返してくる。柔らかいのに弾力が素晴らしい。

「緊張しなくていいのよ、もっと好きなように揉んでも……」

と諭しつつ、美智子の吐息がせつなくなり、媚びるような目つきになる。

感じているんだ、とうれしくなる。

目を血走らせつつ、直紀が力を入れてムギュウと揉みしだくと、

「あっ……はあんっ……」

美熟女は甘い声をあげて、そのまま布団の上に仰向《あおむ》けになる。

直紀は組み敷き、ガマンできずにおっぱいの先端にしゃぶりついた。

「あんっ、いきなり……」

美智子の戸惑いの声を聞きつつ、乳輪ごとむしゃぶりついて、チューッと吸いあげてやる。

「ぁあああん……」

美智子が気持ちよさそうな声をあげ、顔をぐっとのけぞらせるのが見えた。

(ああ……乳首を吸われて感じている……こんなに色っぽくなって……)

あの可愛らしい美熟女が、今は眉間に悩ましい縦ジワを刻み、泣き出しそうな媚びた表情を露わにしている。

そのギャップに直紀はさらに興奮する。

片手でおっぱいを揉みしだき、乳頭部をねろねろと舌で舐めしゃぶる。

すると、唾液まみれの乳首が硬くシコってきた。

「あううんっ……上手よっ、直紀くんっ……ああんっ、気持ちいい」

演技かも知れないと思ったが、乳首がせり出してきているのだから、本気で感じてくれているのだろう。

(僕が、初めてなのに……女性を感じさせてる……っ)

相手が四十二歳の人妻という安心感も大きかった。

包み込むような母性に触れつつも、もっと感じさせたいと乳頭部を舐めまわし、反対の乳首を指でキュッとつまんだ。

「あっ……あっ……はああんっ」

いよいよ美智子はうわずった声を漏らし、何度も腰を浮かせている。

至近距離で見れば、乳頭部は色が濃くなったような気がするし、乳輪にも鳥肌のような、つぶつぶが現れている。

(おっぱいって、感じてくると、こんなことになるんだ……)

一度出していなかったら、こんなにも冷静に女体を観察できなかっただろう。

「うふんっ、いいわっ、直紀くんっ。もっと強く舐めてっ……はうんっ」

美智子がせがんできて、そのとおりに舌を激しく走らせる。

「ああんっ」

すると、人妻はさらに大きくのけぞった。

(感じてくると、強めでもいいんだな……)

乳首をつまむだけでなく、くにくにと指でこね続けると、

「ううんっ……やはあんっ……んっ……ふうんっ」

甘い声を漏らしつつ、美智子の肉体が、びくんっ、びくんっと震えはじめる。

うれしくなって、もっと舐めたり吸ったりしていると、美智子は豊満な肉体を右に左によじりまくって、パンティ一枚の腰を押しつけてきた。

(お、お母さんが……ほ、欲しがってる!)

ここまできたらと思い、震える手でパンティを脱がしにかかる。

「ああ……」

美智子が恥ずかしそうに顔をそむけ、口元に手をやった。

太ももをよじらせつつも、抵抗はしなかった。

するりと剝いていくと、思ったよりも濃い陰毛の奥にピンクの襞《ひだ》が見えた。

（ほ、本物だ……ッ、女性のおまんこっ！）

感動で身体が震える。

気がつけば自分もシャツを脱ぎ、ズボンもパンツも下ろして全裸になっていた。

美智子が真っ直ぐに見つめてきて、ウフフと微笑んだ。

「ハアハア言って、可愛いわ。もう入れたい？」

目尻に泣きぼくろの、とろんとした表情が色っぽく誘ってくる。

（い、入れたいっ？）

頭が沸騰した。

（入れたいって、何をどこに？　いや、そうか、僕のチンポを中に入れるんだっ。つながるんだ、セックスするんだ……）

童貞喪失の歓喜に、心が華《はな》やいだ。

一方で、コンドームは大丈夫かと思い、顔を曇らせる。

するとさすが経験豊富な人妻で、すぐに察してくれたようだった。

「直紀くん。心配してくれてるのね。あのね……おばさん、今日は大丈夫な日だから……」

恥じらい顔がやけに可愛らしかった。

若々しいが、改めて美智子の年齢のことを思う。

四十二歳。世間的にいえばおばさんだろう。だけど美智子はまるで違った。可愛らしくて、だけどグラマーでエッチな身体をしているのだ。

「い、入れたいですっ。お、お母さんを、ぼ、僕のものにしたいっ」

「あんっ、すごい目が血走ってるわ……ウフッ、おばさんも、優しい直紀くんの初めてになれたらうれしいわ。いけないことだけど、私も直紀くんのものになりたい」

美智子が仰向けになり、膝を立てる。

そのまま顔を横にそむけ、直紀の前でゆっくりと脚を開いていく。

(おおっ！)

直紀は初めて直《じか》に見る女性器に、身体を強張らせた。

亀裂の中にビラビラがあって、ピンクの媚肉がみっちりとひしめいている。

そして、肉ビラも外側も蜜にまぶされて、ぬめぬめと光っていた。

（い、いやらしいな……生臭いし……それにすごく濡れてるっ）

童貞の心はときめいた。

「ああ……そんなに見られたら、恥ずかしいわ……」

目をギュッと閉じた美智子が、羞恥の吐息を漏らし、ぶるっと腰を震わせる。

「ああ……あそこからヌルヌルした液が出てきてますっ……すごい」

「あんっ、お願いっ……言わないでっ……」

美智子は眉をひそめて首を振る。

可愛いほど恥ずかしがっている熟女だが、欲しがっているのは間違いない。

熟女がすがるように見つめてくる。

「ねえ。直紀くんっ……ちょうだい」

「あ、は、はいっ……」

（ああ、ホントに……こんなキレイなおばさんと初セックス……）

ごくんと唾を飲み込んで、横たわる美智子を見る。

巨大なふくらみから、くびれた腰つき、そしてお尻へと続く身体のラインはかなりのボリュームだ。

たまらなかった。

いきり勃《た》つ肉棒の根元を持ち、ゆっくりと人妻の姫口に向かう。

「ここ、ですよね」

「あんっ……ゆっくりね……焦らないでいいから……もう少し下よ、ンッ」

開いた両脚の中心部に、切っ先を押しつける。

「ンンッ」

軽く切っ先を押し当てただけで、美智子の身体がビクッとした。

顔を見れば、双眸《そうぼう》をギュッと閉じている。

緊張しているのだ。

もちろん自分もそうだ。

血管が切れそうなほど興奮しつつ、わずかな穴に亀頭部を押しつけた。

ぶちゅっ、と水音がして、濡れた入り口を押し広げる感覚があり、ぬるりと嵌まり込んでいく。

熱くてとろけるような粘膜が、チンポの先を包み込んだ。

「は、入った……くううっ」

なんという気持ちよさだろう。

無数の舌がからみついてマッサージしてくるみたいだ。

（これがおまんこの感触……ふわふわしてっ……時々ギュッて締めてくる……）

想像以上の愉悦《ゆえつ》に、無理に腰を押し込んでいくと、ぬかるみをズブズブと穿《うが》って奥まで入っていく。

「ぁあああ……！」

美智子が上体を浮かせて、顔を跳ねあげた。

「そんな……いきなりっ……」

してはいけなかったのか？

「ご、ごめんなさいっ」

わずかに腰を引く。

それだけで勃起の表皮がこすれて、射精しそうになる。

美智子は汗ばんだ顔で見つめてきた。

目の下が熱く、ねっとり染まっている。

すごく恥ずかしそうで、困ったようで、艶っぽい表情だ。

「い、いいのよ……謝らなくて。思ったより大きかったから、おばさん、驚いちゃって。でもうれしいわ。おばさんが直紀くんの初めてになれたのね」

慈愛に満ちた笑みだった。

温かな気持ちが湧きあがる。

「僕もお母さん……あ、いやっ……美智子さんが初めてで、すごくうれしい」

喋ると、わずかに結合がさらに深まる。

「ンッ……はあんっ……直紀くんの、硬いっ」

切羽つまったような、感じ入った声だった。

入れたまま見れば、美智子の瞳がとろんとして妖《あや》しげに光っている。頬には黒髪が張りついて、汗ばんだ素肌から甘い匂いがした。

ラベンダーの匂いに生臭さがブレンドされた、いやらしいセックスの臭いだ。たまらなかった。

「ンフッ……動きたいんでしょう？　いいわよ、おばさんのこと好きにして」

「えっ、でも」

戸惑いを見せると、美智子は両手を差し出してきて直紀を引き寄せると、唇に優しくチュッとキスをしてきた。

「初めてなんだもの。いろんなことしてみたいわよね。いいのよ、私もすごく気持ちよくなってきているから」

熟女の美貌が、色っぽくとろけて女の表情になる。

うっとりとしてこちらを向く美智子の、エッチな表情が可愛らしくてたまらなかった。

「ああ、美智子さんっ……」

挿入したまま、ぐぐっ、と腰を入れる。

「あっ、ひっ、くぅ……ううんっ……ああんっ」

奥まで貫くと、美智子は悩ましい泣き顔を見せて激しく身をよじる。

真っ白くて大きなおっぱいが、目の前で揺れ弾《はず》んだ。

直紀は腰をピストンさせつつ背を丸め、揺れる乳房に吸いつき、チュウチュウと音を立てて目を閉じる。

「はあんっ、あんっ……だめっ、き、気持ちいいっ……ああんっ、恥ずかしいわ、好きにしていいなんて、ああんっ……言って、る……はあんっ、のに……」

甲高《かんだか》い喘ぎ声と、歓喜の台詞が混じる。

美智子がギュッと抱きついてきた。

腰や脚にこすられる熟女のすべすべ肌と、甘い柔肌の匂い。

これまで味わったことのない甘美な感触だった。直紀もギュッと抱きしめて、腰を使いながら汗まみれの肌をこすりつける。

（くうう、女の人の肌ってもちもちで柔らかい。裸で抱き合うって、こんなに気持ちいいんだ……）

ぐいぐいと突き入れると、新たな蜜があふれてきて男性器のすべりをさらに助けてくれる。きゅんきゅんと奥が疼《うず》いているのが、結合部から伝わってくる。

「すごく、びりびりきますっ。美智子さんの奥が……」

「あ、あふふぅぅん、あん、あんっ、だめっ、ああんっ、すごいっ」

美智子がのけぞった。

あられもない声を漏らし、激しく身をよじっている。

「くうう、その声、たまらないですっ……」

直紀が叫ぶと、美智子が下からうれしそうに見つめてきた。

「あんっ、だって……初めてなのに、がんばってるのがわかるんだもん。直紀くん、私を感じさせようとしてるんでしょ。すごく上手よ。あんっ、だめ……そこ、こりこりされたら、はううんっ、だめっ、私、余裕がなくなって、くぅぅんっ」

また大きくのけぞったので、さらにとろとろの粘膜を穿つ。

「やだっ、おばさん、とろけちゃう……あんっ、久しぶりだから、だめっ……イッちゃううんっ……」

美智子が口を押さえた。

「えっ、み、美智子さんっ……くっ」

まるで握られたように強く膣が締まる。

出そうになって慌てて奥歯を嚙みしめると、やがて美熟女が力を抜いた。

「ああんっ……私っ……イッちゃった……ごめんね。いいわよ、続けて……」

耳まで真っ赤になって、美智子が横を向きながら言う。

「い、今……そのイッたって……」

「だ、だから、久しぶりなのよ……ああんっ、恥ずかしいわ、童貞の子に感じさせられちゃうなんて」

美智子はそう言いながらも、首に抱きついてきて、チュッ、チュッとキスの雨を降らせてくる。

「もっとしてっ……私の中に直紀くんがいるの、たまらないの……」

そんな風に言われたら、もうだめだった。

直紀は抱きしめつつ、スパートした。

ぬちゃっ、ぬちゃっと激しい水音をさせ、激しく腰を振りたくる。

「う……み、美智子さんっ……」

たちまち射精しそうになってきた。

「いつでも出していいのよ。私のおまんこ使って気持ちよくなって……」

直紀はうれしくなって、組み敷いた美しい熟女を見た。

肩までの髪が、布団のシーツの上にパアッと広がっている。

打ち込むたびに、美智子は眉間に悩ましい縦ジワを刻み、女の悩ましい表情を見せてくる。

とまらなかった。

細い腰を両手でつかみ、さらに奥までがむしゃらに突いた。

「あっ！　ああっ、ああっ……そんな……だめっ……ああんッ！」

美智子がグーンと背をのけぞらせる。

同時に膣肉が、ねっとりとペニスを食いしめつつ、包みこんでくる。

「あんっ、あんっ、あんっ……気持ちいい、直紀くんっ……気持ちいい、ねえ、またイキそう……イッていい？　あふんっ、イッ、イッちゃう、ああ……だめっ」

「イッ……イッてくださいっ……見たいんですっ、美智子さんの……イキ顔、今度はもっとはっきりと……」

「いやん、そんな、ああっ、ああっ……」

イカせたかった。

だが童貞にそんな余裕はなく、それ以上に自分が切迫してきた。

ぐいぐいと激しく正常位で貫くたび、射精への渇望が迫ってくる。

「ああ、僕……出ちゃうっ！」

「ああん……い、いいわ……来てっ……おばさんの中にいっぱい注いでっ」

その言葉が引き金になった。

グイッと奥まで突き刺した後、猛烈な爆発を感じた。

「あっ……！」

腰を押しつけたまま、どくんっ、どくんっ、と熱い精液が美智子の中に噴き出していく。

「あンッ……すごい。直紀くんの熱いッ」

美智子も脚を大きく開いたまま、打ち震えている。

（……女の人の中に注いでるっ）

いつものオナニーとは、快感のレベルが違った。

全身が痺れるような震えに包まれて、放出の気持ちよさに魂《たましい》が抜け落ちた。

射精を終えて、ぐったりと熟女に倒れ込む。

汗ばんだ大きな乳房に顔を埋めて、ハアハアと肩で息をする。

「ンフ……直紀くん……ありがとう。ねえ……おばさんの、よかったかしら？」

潤んだ瞳で見つめられた。

直紀も見つめ返す。

「すごすぎて、もう……美智子さん以外と、エッチできるかどうか」

「もうっ。うれしいことを言うのね。明日、きちんと遙香には謝ってね」

チュッとキスされた。

気がつけば、蛙の声が外で響いていた。

のどかな田舎でこんな体験ができるなんて……左遷みたいな出向も、悪くないなと思いはじめていた。

第二章　欲しがる離島の三十路妻

1

淡い青の空と、濃い青の海。

それに白い雲。

東京からそれほど離れていない小さな島なのに、平屋《ひらや》の建物とヤシの木のせいで、遙か南国を思わせる。

（同じ田舎でも、新潟の農村とはまったく違うもんだなあ）

直紀は村役場の四階から、ぼんやり海を見ていた。

小さな港の横には島にたったひとつの海水浴場がある。まだ夏休みに入っていないから、人は数えるほどしかいない。

(うーん。のどかだ)

伊豆半島の沖合にぽつんと浮かぶO島は、人口約二千人の小さな島である。

国立公園に指定されていて、島の半分以上は原生林。

もうすぐ夏休みだから大勢の観光客で賑わうが、その前に、今は四年に一度の大イベントで盛りあがっている最中である。

「ああ、いた。直紀くん」

呼ばれて振り向くと、薄手の白いブラウスに淡いブルーのカーディガン、そして膝丈のスカートという上品な格好をした伊村英里《いむらえり》が声をかけてきた。

村役場の福祉課で働いている、三十歳の人妻である。

ふんわりとウェーブした柔らかな栗毛が、小顔によく似合っている。

切れ長の双眸は涼やかで、ツンと上向く高い鼻梁《びりょう》やシャープな顎のラインが、ハーフのようにも見える。なんとも華やかな美人だ。

「は、はい。どうしました？」

ドギマギしながら直紀は答える。

彼女はにっこり微笑んだ。島を照りつける太陽のようなまぶしさに、直紀は思わず目を細める。

「ねえ、今夜空いてるかしら。私と飲みにいかない？」

「へっ」

何を言われたかわからず、一瞬呆けてしまった。

（ふたりで飲みに……？　あれ、でも小さな子がいるはず）

彼女は出産後にこの役場に復帰したとのことだが、娘はまだ二歳で簡単に夜遊びできる状況ではないはずだ。

直紀は少し疑問に思いながら、「空いてますけど」と返事する。

今は小さな民宿に世話になっているのだが、その民宿というのは英里の実家で、彼女の両親とは毎日顔を合わせているのだ。

「よかった。ねえ『寿司東』に行かない？　後援会長の後藤《ごとう》さんが会いたいって」

（な、なあんだ、それか……）

がっかりするも、だけど英里と一緒にいられるのはうれしかった。

「いいですけど……」

「じゃあ仕事が終わったら、一緒に行きましょうよ」

英里はニコニコしながら目の前までくる。上品で美人の奥さんに照れて、目線を下に向けると大きな乳房があった。

（……いつも見ても、おっぱいすごいっ。揺れてるっ……）

前屈みになっただけで揺れ弾む人妻の巨乳に、直紀は股間を熱くさせる。

地味なブラウスに押し込められたバストは、英里が動くたびに生地を破らんばかりに揺れ弾んでいる。

（美智子さんより、大きいよな……）

ふいに、春先に童貞を奪ってくれた山村の人妻を思い出す。

一生の思い出があんなキレイな人だなんて、二十四歳まで童貞でよかったと思えるくらいである。

（あのおっぱいより、大きいなんて……ん？）

そのとき初めて、英里の美脚にしがみついている幼子の存在に気づいた。おっぱいと美貌に見とれて気がつかなかった。

「お子さんですか。可愛いですね」

母に似て、顔立ちのはっきりしている女の子だ。名前は愛理《あいり》というらしい。

「さっき二歳児の検診があったのね。で、家に一旦戻ろうとしたんだけど、そのまま連れて仕事していてもいいって」

さすが田舎だ。

この緩さがいい。

英里は慣れた手つきで我が子をひょいと抱く。

女の子は「ママー」と叫んで、大きなバストの胸元を引っ張った。

その拍子に、ブラウスのボタンが一個だけ外れて、濃いピンクのブラジャーに包まれた胸の谷間が見えた。

（う、うわっ……ブラとおっぱい見えた。やっぱデカいっ）

しかもだ。

愛理はお腹がすいたのか、英里のおっぱいを出そうと、もぞもぞと襟ぐりをまさぐりはじめた。

「やんっ……ちょっ、ちょっと……愛理ちゃんっ」

英里は恥ずかしそうして、くるりと後ろを向いた。

ごそごそとブラウスに手を入れている。

どうやらブラジャーを直しているみたいだ。

（な、なるほど。ミルクをたっぷりふくんでいるから、こんなに大きいのか。英里さんのおっぱい、吸ったら母乳が出るのかあ……）

なんてことを妄想していたら、英里が向き直った。

「あんっ……ごめんなさいね。娘の力が最近強くて……ブラジャーしてても、外そうとしてくるのよ。じゃあ、今日来るのは決まりね」

彼女が念を押してくる。

「で、でも……前から言ってるように、僕なんか何もできないですよ」

壁に貼られた選挙ポスターを、ちらりと見てから言った。

「そんなことないわよ。キミが応援してくれたら、島の若い子もこっちについてくれるから。そうだ、前に島を案内するって言ったわよね」

「は、はい……」

「明日はどう？　土曜日だけど」

サバサバした様子で笑いかけられる。

「い、いいんですか？」

「もちろんよ。秋までしかいないって寂しいけど、この島は魅力がたくさんつまってるの。出向が終わってからも、ぜひ遊びに来てね」

目を惹《ひ》く美人だけど、笑った顔は親しみにあふれている。

(魅力がいっぱいつまった……まるで英里さんのおっぱいみたいだな……)

ズボンの中が、ちょっと苦しくなりはじめたときだった。

「お姉ちゃん。また直紀を誘惑してるっ」

階段からあがってきたのは、英里の妹の理佳子《りかこ》だった。

彼女は二十六歳で、村役場の観光課で働いている。こちらも人妻だ。

理佳子は「愛理ちゃーん」と可愛い声で姉の子どもを奪い取り、抱っこする。英里がじろっと理佳子を睨んだ。

「誘惑なんかしてないわよ。それより仕事場でお姉ちゃんはやめなさいって、いつも言ってるでしょう？」

「お姉ちゃんは、お姉ちゃんでしょう？」

ぷうっと頬をふくらます顔が、可愛らしい。

こちらは栗色のショートボブと大きくクリッとした黒目がちの瞳で、二十六歳よりもずっと若く見えて、愛らしい。

「お姉ちゃん、直紀に大村《おおむら》さんの応援してくれって頼むつもりなんでしょう。そうはいかないから。この人は米川《よねかわ》さんの応援にまわるのよ」

「それこそ勝手に決めないで」

ふたりが睨み合う。

普段は仲のよい姉妹だが、どうもこの話になると険悪なムードになる。

話というのは、もうすぐ行われる村長選挙のことだ。

現村長の大村は七十歳。

高齢者のための介護に予算を使おうという堅実派である。後藤はその後援会長なのだ。

一方の候補者、米川は四十歳。

こちらは観光に力を入れて島に活気を、という改革派である。

どちらの政策も正しいから困ったもので、しかもこの島の管轄は東京だから、補助金が結構出る。

どちらの陣営も必死なのである。

直紀は三カ月の赴任だから投票権もないし、自分には関係ないと思っていた。

ところがだ。

保険福祉省のエリート官僚と勘違いされ、直紀がどちらにつくかで、決めかねている層がそっちに流れると言われているのだ。

「とにかく直紀は、米川さんにつくから」

理佳子は、子どもを姉の英里に戻す。

そして、こちらの右腕に抱きついてきた。

ふにゅとした柔らかなものが、肘に押しつけられている。

（おわわ、こっちもおっぱいが……すごい弾力だ……）

理佳子は童顔だが身体つきは立派に成熟していて、小柄だけどTシャツを盛りあげる胸はツンと上向いている。

プリーツミニに包まれたヒップも、いやらしい丸みを描いていた。

小麦色の肌はいかにも島育ちという感じで、しかも人妻であるから健康的なお色気がムンムンとしている。

姉の英里とはまったく違って、こちらはギャルっぽい風貌だが、やたら可愛い。

「ちょっと。理佳子こそやめなさい。すぐ男の人とくっつくの」

英里が注意すると、理佳子はまたおっぱいを、ギュッと押しつけてきた。

「だって……直紀って可愛いもの。お姉ちゃんこそ、その薄手のブラウスはまずいでしょ。デカ乳、強調しちゃって」

言い返され、英里は真っ赤になって胸を腕で隠す。

「お、おっぱいをあげやすい服を着てるだけよ。それよりもあなた、そんな短いスカートを役場で穿かないで。階段の時とか、どうするのよ」

「手で押さえて昇るもん。それに見られてもいい可愛いショーツ穿いてるし」

二十六歳のギャル妻がフンとそっぽを向く。

(見られてもいい可愛いショーツって……)

直紀はまた股間を熱くさせる。

「はいはい。もういいわ。じゃあ、直紀くん。あとでね」

英里はニコッと微笑んでから、歩いていた娘を拾いあげる。

そのときだ。

(あ、英里さんのスカートが……)

小さな手が英里のスカートの裾に引っかかって、そのままめくれた。

ふくらはぎから、ムッチリした太もも……そしてブラジャーと同じくローズピンクのパンティに包まれている柔らかそうな双尻が、目に飛び込んでくる。

(うわっ、うわっ……こんな美人奥さんの、お尻が丸見え……)

英里はそのまま気づかずに、娘をよしよしとあやしている。

上品な奥さんのピンクのパンティに、視線が釘づけになっていると、

「お姉ちゃん、ちょっと！　スカート」

理佳子が気づいて、声をあげる。

姉の英里はハッとして、娘を左手に抱きかかえながら右手でヒップを触る。

「いやっ！」

慌ててスカートを下ろすももう遅い。

（み、見ちゃった……ピンクのパンティ……）

ちらりとこちらを見た英里の表情が、なんとも恥ずかしそうで、その赤く染まった清楚な三十路《みそじ》妻の恥じらい顔に胸がときめいた。

英里が逃げるように、廊下を早足で去っていく。

すると次の瞬間。

ズボンの股間が強い力で握られた。

「ぐっ！」

腰を引きながら見れば、右手に抱きついていたギャル妻が、直紀の股間をキュッと手で握ってきていた。

「お姉ちゃんのお尻……鼻の下伸ばして、じっくり楽しんで……もうっ！　スケベっ」

と、理佳子は頬をふくらませて去ってしまった。

（なんなんだ……）

怒られたけど、美人妻のお尻をたっぷり堪能できたのだ。

田舎というのは実にいいものだ。

2

次の日の土曜日。

(あたた……頭いたっ)

朝、直紀は起きた瞬間から、ひどい頭痛に襲われた。

(だいぶ飲まされたからなあ……)

昨晩のことだ。

現村長の決起集会に出てみると、陣営の人間たちはすでにできあがっていて、えらく盛りあがっていた。

「向こうはサーフィンの大会を誘致するって言ってるぞ。島の治安が悪くなったらどうすんだ」

「せーりんぐってなんや。そんなことより介護や、介護」

現村長の大村が七十歳ということもあり、こちら陣営は年配の人間が多い。

「なあ、青葉くんもそう思うやろ。介護と医療の充実や。そうでないと、島民は安心して暮らせん」

後援会長の後藤が酔ってからんできた。

見た目はカタギには見えない、いかつい顔だ。

怖いので、つがれた酒を飲むしかなかった。

「い、いやでも……一応、両方の言い分を聞かないと……それに僕は外部の人間ですから、中立って立場で……」

じろりと睨まれた。

「この島にいる以上、中立なんかないで。あんたがこっちについてくれれば、若いもんもだいぶ動く」

「いや、僕にそんな力はないですって」

「なんを言うとる。内地のエリートさんやろ。雇用助成金もたんまり出してくれるんやから」

「いや、僕は単なる調査員で……え？」

ハッと気づくと、英里に手を握られていた。

「お願い。私ね、介護福祉課にいるからわかるのよ。予算をしっかり組まないと、これからの高齢化に対応できなくなるから」

ハーフのような美しい人妻に見つめられると、もうだめだった。

言われるままに、

「わかりました」

と、返事をしてグラスを呷る。

すると頭が次第にクラクラしていき……。

（ちゃんと帰れたのが奇跡だな。英里さんに送ってもらった記憶があるけど……いててて、こめかみがズキズキする）

考えると頭痛がひどくなる。

それでも、しっかり朝勃《あさだ》ちするのが恥ずかしい。

布団から出て、パンツとTシャツのまま、カーテンを開ける。

海が遠くに見えている。

今日も抜けるように青かった。

（英里さんや理佳子さんは、この景色を見て育ったんだなあ……しかし、島にとどまっているのがもったいない美人姉妹だ）

この部屋は元々、英里が結婚して家を出るまで使っていたらしい。

高校時代の賞状やらトロフィーなんかが棚に飾ってあるままだ。

(陸上部だったんだな、英里さん)

昨日、手を握られたりしたことで、ついつい意識してしまう。他にも英里の昔がわかる品物はないかと物色していると、

(おっ……)

トロフィーの並んだその奥に記念写真があった。

集合写真と、英里が走っている写真である。

高校生の英里は髪をポニーテールにまとめていて、大人びているが、あどけなさも残っていて可愛らしい。

いや、それよりだ。

目がいくのが、英里のユニフォーム姿だ。

上はゼッケンのついたTシャツで、下は紺色のブルマである。

(英里さんの高校時代、ブルマだったんだ……エ、エロいな……)

ブルマから健康的な太ももがのぞいており、それに加えて高校生なのに、Tシャツの胸は大きく隆起して、ゼッケンがその丸みに合わせて歪んでいる。

(英里さんのブルマ姿って、なんかいやらしいな。高校時代にもうこんな巨乳だったんなら、男子生徒たちのオカズにされただろうなあ)

朝勃ちがさらに痛くなってきた。

直紀は写真を引っ張り出して、棚の上に立てて眺める。

(高校生の英里さん……可愛いな)

今は幸せを絵に描いたような上品な奥さんだ。

そんな彼女の昔のブルマ姿にひどく欲情してしまった。

(いけない……お世話になっている人妻を、こんな風に使うなんて……)

だが、もう頭が痺れてしまっていた。

パンツを下ろしてティッシュを取ってから、いきり勃った男のシンボルに手をかける。

「くううっ」

握っただけで快感が迸《ほとばし》る。

英里のブルマが、昨日見てしまったローズピンクのパンティに変わっていくのを、妄想してしまう。

「ああ、英里さん……」

右手を数回動かしただけで、魂まで抜けるような快楽が全身を貫く。

「英里さんっ、気持ちいいっ……」

名前を呟きながら、ため込んでいた精汁をティッシュに吐き出す。

（こんなに出るなんて……）

ザーメンを含んだティッシュが、ずっしりと重かった。

トイレに捨てに行こうかと思ったそのときだった。

背後からの視線を感じ、ティッシュを手の中に隠して振り向いた。

英里が顔を強張らせて立っていた。

「おはよ……直紀くん、私の部屋を使ってたのね……昨日からね、娘と一緒にこっちに泊まってたの。ごめんね、気づかずに開けちゃって」

「い、いえ。だ、大丈夫ですから……」

（大丈夫じゃないっ。見られたよな、今……）

そうだ。昨日送ってもらったのだから、そのまま実家に泊まるケースもあったわけだ。もっと警戒するべきだった。

「ごはんできてるから、一緒に食べましょう」

英里はニコッとして、足早に階段を降りていく。

（きっと無視してくれてるんだな……でも、見られたことには変わりないよなあ）

自慰行為を英里に見られたのは、一万歩ぐらい譲って、まだいい。

問題はそのオカズが、英里のブルマ写真だったことだ。ティッシュをコンビニの袋に入れて口を縛り、直紀は服を着替えて階段を降りてダイニングに行く。

先ほどとは打って変わって、オナニーを見られて朝からどんよりした気持ちだ。

「あら、おはよう。直紀くん」

おばさん、つまり英里と理佳子の母親が、二歳の孫娘を抱きながら、ニコニコと笑っている。横に座るおじさん、つまりふたりの父親もデレデレだ。

「おはようございます……」

頭を下げつつ、朝食の席につく。

トコブシという貝の煮つけや、炙《あぶ》ったくさやがある。これがまた絶妙に旨くて、島の味はさすがだった。

しかし、今朝は朝食の味よりも、気になるのは英里だった。

朝食を食べ終えた彼女は、普通に娘と接して楽しそうに笑っていた。

淡いブルーのブラウスとふんわり裾が広がったベージュの膝丈フレアスカート。キレイだなと思いつつ、直紀は様子をうかがう。

（あれを見てなかった……そんなわけないよなあ）

そんなとき、ふいにおばさんが娘の英里に話しかけた。

「忙しいねえ。聡《さとし》さんも」

言われて、英里は少しいやな顔をした。

「仕方ないわよ。仕事だからいやと言えないだろうし……」

「でも、愛理が生まれてから、ゆっくりできた時間がないんじゃない？」

おばさんの言葉に、英里は「うーん」と唸った。

「まあ……ね」

それだけ言って、彼女はそれ以上話さなかった。

（聡さんって、英里さんの旦那さんのことかな？　あんまり旦那のこと話したくないようだけど……）

いろいろ考えつつ朝食を食べ終えると、英里が切り出した。

「じゃあ、お母さん。私、直紀くんと出かけてくるから。愛理のことよろしくね」

「え、もう行くんですか？」

直紀がお茶を啜《すす》って言うと、

「だめ？」

と、甘えるように言われて、「うっ」と思った。

前屈みになったので、淡いブルーのブラウスを破かんばかりの巨乳が揺れて、ついつい目で追ってしまったのだ。

「い、行きます」

慌てて言うと、英里はウフフと笑って、

「じゃあ、クルマを前にまわしてくるわね」

と、楽しそうに去っていく。

後ろ姿もキレイだった。あのブルマのお尻以上に魅力的だ。

3

「この上が展望台になってるの。すごくキレイよ」

駐車場にクルマをとめ、登山道の入り口の前にふたりは立つ。

「登るんですか？」

「大丈夫よ、すぐだから」

と、英里は言い、直紀の手を取って引いていく。

（えっ……）

手を繋《つな》ぐだなんて、まるでデートしているみたいではないか。

手が汗ばんでいないかと心配しながらも、美しい人妻とのデートらしき展開に身体を熱くする。

しばらく歩くと、ようやく開けたところが見えてきた。

「おおー」

切り立った場所から、小さな湾が眼下に広がっていた。

青い海に漁船が浮かび、真っ青な空も開けている。

そして、背もたれのついたベンチが置かれ、後ろは木々に囲まれているから、かなり快適な穴場スポットだ。

「滅多に人は来ないのよ。島自体どこもキレイだから、わざわざここまで登ってこないのかもね」

小さな島だが、確かに自然は多くて美しかった。

「いいですね、ここ」

「夕陽はあっち側なんだけど、その時間帯もすごくいいわよ」

手を繋いだまま、英里がぴたりと寄り添ってきた。

(あっ！　お、おっぱいが……)

ブラウスの下のたわわな胸のふくらみが、腕に押しつけられている。

(この前の、理佳子さんへの嫉妬だったりして……そんなわけないか)

ドギマギしつつ見れば、英里も真っ直ぐに見つめ返してくる。

「ねえ。直紀くんって一年間も出向なんだっけ？　直紀くんの彼女は大変ねえ」

いきなりプライベートのことを訊かれた。

「あ、僕はずっとひとりなんで、別に……」

正直に答えると、英里は「え？」という顔をした。

座りましょうか、と言われてベンチに並んで座る。

またぴたりと身体を寄せられて、今度はほっそりした細い指を、直紀の指にからませてきた。

「あ、あの……」

こんな風にエッチな指のからませ方をしてくるのは、恋人同士だけだ。

「ずっとって……ずっと彼女がいなかったの？」

「は、はい……まあ……」

筆下ろしはこの春に終わったが、女性とつき合った経験がないのは間違いない。

「だからなのね、私の高校時代の写真に興味を持つなんて……」

「はい……ええっ？」

心臓がとまった。

間違いなくとまった。

（やっぱり……み、見られてたんだ……今朝のこと……）

全身がカッカと熱くなって、汗がとまらなくなってしまう。

「うう、す、すみませんっ」

目を合わせられない。

なんとか、ちらりと表情だけうかがってみると、意外にも英里は微笑んでいた。

「怒ってないわよ。若い男の子が発散しないといけないってのはわかるもの。勝手に入った私も悪かったし。でも教えて欲しいの。私に興味があるの？」

ぴったりと身体を寄せられる。

ムンとした香水の匂いにクラクラする。

「そ、それはもちろん。だって、英里さんはキレイだし。その……英里さんの若い頃の写真、すごくエッチで妄想がとまらなくて……」

「やだもう。ただのブルマよ」

からませていた英里の手が離れて、今度はズボンの股間に添えられる。

（うっ……！）

驚いて腰を引く。

英里を見れば、艶《なま》めかしい表情をしていてドキッとする。

「今朝の母との話。聞こえてたでしょ？　私ね、夫には最近女として見られていないっていうか……」

「えっ、そんなこと」

「ホントよ。子どもを産んだら、お母さんになっちゃうのよ。女ではなくなるの」

「は、はあ……」

「だから……正直に言うと、うれしかったのよ。高校時代の写真でもなんでも、若い男の子に性的な興味を持たれて……」

英里の手が、直紀のベルトをカチャカチャと外しはじめる。

「え、英里さんっ……」

信じられなかった。

こんな美人で上品な奥さんに迫られている。

まさか……。

「もしかして、選挙のために私がやってると思ってる？」

「え？」

思っていたことを、ずばり言い当てられた。

「そうじゃないのよ。あなたみたいな若い子に興味を持たれたから……」

英里は、うるんだ瞳で色っぽく見つめてきた。

「ねえ、今朝の続きを見せて欲しいの。私でよければ……」

ゴクンと唾が喉を落ちる音が響く。

「は？　え？」

「お願い。女として、見て……」

真剣だった。

彼女は本気で、女性として見られたがっている。

（まさか、こんな美人が……でも、これを逃したら……こんなチャンスはないぞ）

思い切ってズボンに手をかける。

少し考えてから、直紀はもう思い切って、下着ごとズボンを引き下ろした。

夏空の下、勃起をさらけ出すと英里は、

「あん、スゴイわ……」

と目を細めてくる。

そして続けざま、英里は自分のブラウスのボタンに手をかけた。

「……恥ずかしいけど、若い子が私の裸でエッチな気分になれるなら……よければ、見て」

英里は耳までも赤らめて、震える指でボタンを次々に外していく。

「ああっ、英里さんの胸が……」

モデルのようにキレイで上品な奥さんのストリップショーなど、もう二度と堪能することはできないだろう。

羞恥など忘れ、直紀は鼻息荒く肉棒をこすりはじめた。

「あん、男の人って、そんなに激しくするのね」

品のある笑みを浮かべつつ、英里はおもむろにブラウスの前を開いた。

(なっ、お、大きいっ……)

ベージュのブラジャーはシンプルな飾り気のないデザインだが、あまりにカップが大きすぎて、英里の上半身の半分くらいを覆っている。

だが、そんな巨大なフルカップのブラジャーでも、英里の乳房は収まりきれずに、深い谷間をぱっちりとつくっていた。

「え、英里さん……」

興奮して、滾《たぎ》った肉棒を上下にこする。

「あん……直紀くんっ。いやらしい目……ウフフッ」

英里が楽しそうに口角をあげる。

「ねえ、下も見たいわよね」

大胆なことを口にした英里は、細指でフレアスカートを持ちあげた。

「うわあ……」

ゆっくりとスカートがめくられていき、白い脚線美が眩《まぶ》しく映る。

人妻の太ももはムチムチして、いかにも柔らかそうだった。

「はしたないのはわかってるのよ。でも、エッチな目で私を見てほしい……」

ハア……と小さくため息をついた英里は、決心をつけたように一気に腰までスカートをめくった。

「うわっ……！」

ベージュ色のパンティが丸見えになる。

ムチッとした太ももの付け根には、子どもを産んだ人妻のボリューム感があった。

だが、それよりもだ。

スカートをまくっている英里の表情がエロかった。

まばゆいばかりの美しく成熟した三十路ボディと、羞恥に赤らむ美貌に、心がときめいて、肉棒をシコる手の動きが激しくなる。

「ううっ、すごいっ……もう、このままだと出てしまいそうですっ」

本音を言うと、英里が楽しそうに笑った。

「いいわよ、出しても。気持ちよくなる瞬間のお顔を私に見せて……」

甘えるような声と、色っぽい目つき……。

もう射精のオカズには十分だけど、もっと見たくなってきた。

「あうう、じ、じゃあ……出しますから、もっと見せてくださいっ」

哀願すると、人妻は呆然としていたが、すぐにブラウスを着たままで両手を後ろにやってホックを外した。

そのままブラジャーの肩紐だけを腕から抜き、ブラウスを身につけたままブラジャーだけを抜き取った。

「おおおっ……！」

すごい迫力だった。

ミルクたっぷりのおっぱいが、いやらしすぎた。

白い乳房に、乳首は焦げ茶色。

そして先端からは乳白色の液体が、じゅわっとにじみ出している。

「あん、ミルクパットつけないと、ブラジャーが湿っちゃうの」

英里が先端をつまむと、ミルクが乳首からピュッと飛んで地面にこぼれた。

（ミルクタンクだ……エロいっ）

母乳のつまった英里の乳房を見ていると、分身がさらにふくらみ、切っ先から透明な露《つゆ》がこぼれてきて、それもこすってニチャニチャと音を立てていく。

「あんっ、すごい、いやらしい視線……」

英里が恥じらい顔を見せ、巨乳を腕で隠してくる。

「す、すみませんっ……で、でも……おっぱいが、柔らかそうでキレイで……」

「そう？　だったら触ってみてもいいのよ」

英里は手コキしている直紀の手をつかんで、胸元へと導いた。

パンパンに張りつめた乳房を軽くつかむと、ピュッとミルクが飛び出した。

「あんッ……やだっ。今日は愛理に吸わせてないから、おっぱいが張ってるわ」

英里が恥ずかしそうにしているのが、たまらない。

（ぼ、母乳っ……英里さんのミルクだ）

指先についたミルクを、ちゅぱっと舐める。

ほのかに甘いような気がするが、水っぽい味だ。

「あんッ……直紀くん、おっぱい飲みたいの？」

クスッと笑われた。

でも、こんなチャンスはもうないと、勇気を振り絞った。

「の、飲みたいですっ」

「ウフフ。こんな大きな赤ちゃんなら、たくさん飲んでくれそうね。おいで」

ベンチに座っている英里が、ポンポンと太ももを叩いた。

「えっ、それって」

「膝枕よ。どうぞ」

スカートがまくれているから、生の太ももが見えている。

（あ、あそこに頭を乗せるんだ……）

直紀は興奮しつつ、

「お、おじゃまします」

と、ドキドキしながら言いつつ、そっと太ももに頭を乗せた。

（うわあ、ムチムチ……）

左にちらりと目をやれば、スカートの奥にベージュのパンティが見えた。

(パ、パンティがこんなに近くに……しかもなんか、エッチな匂いがスカートの奥から漂ってくる)

スンスンと嗅ぐと、英里がパシッと頭を叩いた。

「こらっ、エッチな赤ちゃんね。そんな恥ずかしいところを覗いて。こっちでしょ」

英里が座ったまま少し前傾すると、白いおっぱいが直紀の頬に押しつけられる。

(ああ、香《かぐわ》しい乳……)

やはりGカップとかありそうな巨大さだった。

ずしっとした重みがあるのだ。

直紀は英里の太ももに頭を乗せて仰向けのまま、乳頭ににじみ出ている母乳を舐め取った。

「うっ……ンンッ」

英里がビクッと震えた。

(軽く舐めただけなのに、こんなに感じてくれるんだ……)

彼女の乳首の感度は高いようだった。

「いいわよ、もっと吸って」

急《せ》かすようにおっぱいをさらに押しつけてきたので、目の前にきた乳首にチュッチユッと吸いつく。

すると、じゅわっと母乳が口の中にあふれてきて、甘みが広がる。

(あれ？　今度は甘い。母乳って甘いんだ……出たばかりの時は水っぽかったのに)

人によって違うのかもしれないが、英里の母乳はおいしかった。

屋外で、こうして膝枕してもらいながらおっぱいをチュウチュウするなど、どうにも恥ずかしいと思っていた。

しかし、いざ母乳を吸ってみると、なんだか子どもに戻った気がして気持ちよくなってくる。

(乳首が柔らかくて、口触りがいいな……)

直紀はうっとりしながら、乳首を舌で舐め転がしたり、前歯で軽く甘嚙みしたりすると、英里が顔をのけぞらせて太ももを震わせる。

「ああんっ……そんな舐め方、だめえっ……赤ちゃんはそんないやらしいことしないでしょ。乳首が勃っちゃう……」

英里が身悶えすると、たわわなおっぱいが揺れる。

もっと感じさせたいと、舌でねろりねろりと乳頭部を舐め転がせば、英里の言うとおりに乳首がコリコリと硬くなりはじめた。

「ああんっ……だめっ……あんっ……お願いっ、もうっ。おっぱい吸っててっ……すごく張っちゃって、ジクジクと疼くのよ」

見れば気持ちよさそうだけど、せつなさも混じった表情だ。

直紀は言われたとおり、硬くなった乳頭を吸いあげる。

しゅわっと、まるでシャワーのように、口内に生温かい液体が降り注ぐ。

（うわっ、いっぱい出てくる……）

たちまち口の中に母乳がたまっていく。

直紀はそれをごくんと飲み込み、さらにチュウチュウと吸い立てた。

「んっ……ううんっ……いやあっ、あはんっ……いいわっ、もっともっと吸って」

英里はビクビクと震え、セミロングの髪を振り乱しつつも、自分で乳房を搾るようにして、母乳をさらに噴出させる。

しゅわあああ。

ちゅぱっ、ちゅぱっ……。

吸いながら見れば、反対側のおっぱいからも乳白色の液体があふれていた。

今度はそっちも吸いついた。

「ああんっ……あっ……あっ……」

英里はうわずった声を漏らし、膝枕させている太ももをよじらせる。

(こんなにたくさん栄養満点のお乳が体内から出てくるなんて、不思議な感じだな。やっぱりお母さんはすごい)

そんな風に母性愛を感じていると、

「あんっ、お願いっ……もっと強く……」

せつなそうに、英里が哀願してくる。

(もっと強く……こうかな……)

口に含んだ乳首を、頬を窄《すぼ》めてさらに強く吸引する。

しゅうわっ……と、あふれんばかりの生温かなミルクシャワーが、喉奥にまで噴射される。

(うわっ、すごい)

慌てて喉を鳴らし、ごくんごくんと嚥下《えんげ》する。

「あっ、ああんっ……ハアッ……おっぱいがこんなに……ああんっ、いい子ね……」

頭を撫でられると、まるで本当に赤子になったようだった。

(ああっ、たまんないっ……もう英里さんのミルクは、僕だけのものだ)

んぐっ、んぐっ……と一心不乱に飲んでいると、

「うふんっ……あんっ……あぁっ……あふんっ」

と、おっぱいを吸われた英里が、セクシーな声を奏でていく。

（くうう……興奮しちゃうよ）

その昂《たか》ぶりが股間に宿っていく。それを英里はめざとく見つけたようだった。

「ウフッ。ここは赤ちゃんとは違うわね」

英里の手が股間に触れた。

「うっ……」

とたんにビクンとして、ズボンの奥が熱くなっていく。

「あんっ、私のおっぱい飲んで、オチンチンをこんなにするなんて、エッチね……」

英里の目の下はねっとりと赤く染まっていた。

ようやくミルクの噴出が収まってきた。

だが、この母性を感じるおっぱいをもっといじりたくなった。乳頭を舌でレロレロと転がし、ふくらみを揉むと、

「あんっ……やだっ、まだおっぱいにエッチなことしたいの？」

「し、したいですっ。英里さんがおっぱい、感じやすいなら、もっと感じさせたい」

素直な気持ちを言うと、彼女は「うふんっ」と女の笑みを見せた。

「いいわ。もっとして……」

言われるままに、下からおっぱいをグイグイ揉むと、

「ああんっ……」

英里は喘ぎをこらえながら、大きくのけぞった。

顔を持ちあげたときの、首筋のラインがすごくキレイだ。

直紀は起きあがり、ベンチの隣に座って英里を抱く。そして美しい首筋に舌を這わせていく。

「あっ……あんっ……」

人妻はうわずった声を漏らし、直紀にしがみついてくる。

(いい匂い)

大人っぽい香水の匂いと、甘いミルクのような匂いが混ざり合って鼻孔をくすぐってくる。それに肌がじっとりと汗ばんでいるから、汗の匂いもする。

(全身を舐め尽くしたい……英里さんが欲しい……)

デコルテや首筋に舌を這わせ、そのまま夢中で唇を奪った。

「ううんっ……」

すると、英里も鼻にかかった声を漏らして、舌を入れてくる。

（くううう……英里さんの唾も息も甘い……キス、気持ちいい……）

ねちゃ、ねちゃ、と唾液の音を激しく立たせて、夢中で口を吸い合い、唾をからめ合わせていく。

「ああんっ……ううんっ、あんっ、だめっ……気持ちいいっ」

キスをほどき、英里が媚《こ》びたような声を漏らす。

「ああ、英里さんっ……」

夢中で直紀はスカートの中に手を入れ、ムッチリした太ももを撫でつつ、そのまま奥をまさぐっていく。

指先がパンティに触れると英里は、

「あっ……！」

と声をあげて、顎をそらせる。

（ああ、英里さんのアソコ……）

人妻のスカートの奥が、淫らな熱気を帯びていた。

もう興奮で頭がおかしくなりそうだった。

4

ふたりでベンチに座りながら、直紀は英里のパンティに手をかけて剝き下ろす。

そしてスカートをめくりあげると、漆黒の翳《かげ》りと女の秘部が見えた。

「ああ……いやっ」

英里が手で隠そうとする。

「ああ、見せてください。僕、ちゃんと女性のここを見たことがなくて……」

哀願すると、英里が「え？」という顔をした。

「直紀くん、あの……女の人とは……したことあるのよね？」

「ええ、でも、ひとりだけだし……そのときもあまり、見せてくれなかったし」

これは本当のことだった。

美智子は恥ずかしがって、あまり見せてくれなかったのだ。

「そうなの……？」

英里は顔を赤らめて、きょろきょろと辺りを見渡した。

見晴らしのいい高台だが、後ろは木々に囲まれている。

「下着を見せるくらいなら平気なんだけど、でも……いいわ」

立ちあがった英里は、ベンチの背を手でつかむと、ヒップを突き出してきた。

(えっ、ま、まさか……)

この格好で……？　と、戸惑っていると、英里はおもむろに右手で自分のスカートをパアッとまくった。

「ああ！」

魅惑の光景に、思わず直紀は声をあげる。

まばゆいばかりの白いヒップが、目の前に現れる。

視界からハミ出るほどの大きさの尻たぼもさることながら、大陰唇が開き、鮮やかなサーモンピンクの内部が丸見えだった。

(す、すごすぎるっ……)

複雑な形の肉ビラは花蜜がしたたり、ぬめぬめと妖しく照り光っていた。

両手を突いた英里が、肩越しにこちらを見る。

「ど、どう……？　女のいやらしいところよ……ご満足？」

過激な台詞と行為ではあるものの、見れば英里の顔は赤く染まり、丸いヒップも羞恥でくなくなと揺れている。

三十歳の人妻の恥じらいは、なんとも可愛らしかった。

「ねえっ。何か言って。恥ずかしいわ……」

「あ、ああ……キレイですっ。ピンク色で。エッチな蜜もすごい……」

「あんっ、だって……あんな風におっぱいをイタズラされたら、濡れちゃうのよ」

またお尻が、くなっ、くなっと左右に揺れた。

くびれた腰から逆ハート型にむっちりと広がるデカ尻が、男の興奮をこれでもかと誘ってくる。

「欲しいんでしょ。いいわよ」

「い、いいんですか？」

「ウフッ。若い男の子に、そんな風に血走った目で見られたら、もう私もどうにかなっちゃいそうよ。いいのよ、荒々しく欲望をぶつけて……」

挿入をねだられている。

直紀はいてても立ってもいられずに、ズボンとパンツを足首まで下ろした。

鎌首が異常な角度でそそり勃っていた。

「でも……英里さん……あの……あれがなくて……」

直紀がためらいがちに告げると、人妻は肩越しに慈愛の微笑みを見せる。

「いいのよ、ナマで。今日は大丈夫だから……」

「え……ええ……ナ、ナマっ……あぁっ」

頭の中がピンクに染まった。

おそらく大丈夫というのは、そういう時期のことなのだろう。

ならば遠慮はいらなかった。

どくどくと脈動するペニスをつかみ、人妻の尻に押し当てる。

(た、立ちバックだ……初めてだけど大丈夫かな)

不安はあるが、濃密なおまんこの匂いが、そんな不安を一気にかき消してくれる。

切っ先で尻下の蜜穴を探り当て、ずんっ、と深く腰を押し込んだ。

「あっ、はうう！　乱暴にされるの好きよ。いいわ、犯してっ」

ベンチの背をつかんで、尻を掲げたままの英里が叫んだ。

言われるままに怒張を突き入れた。剛直がぬぷぷっと音を立てて穴を広げていく。

「はああんっ、お、大きいッ」

英里がセミロングの髪を振り乱す。細腰をつかみ、さらに奥を穿つと、

「ほおおおッ！」

英里がいよいよ大きく吠えて、上体をのけぞらせた。

「くううっ、すごいっ、き、気持ちいいっ」

直紀も吠えていた。

ぐちゃぐちゃにとろけた媚肉がペニスを甘く締めつけてくる。

たまらなかった。経産婦の腰をつかみ、早くも腰を動かしてしまっていた。

「ああん、いい、いいわっ……犯してっ、めちゃくちゃにして……」

英里が、もっとと尻を揺らす。

ぐいぐいとストロークさせると、肉エラが媚肉にこすれて射精欲が高まっていく。

「くううっ、すごいっ」

直紀はぐいっと尻肉をつかみ、さらに乱暴に突き入れる。

排泄の恥ずかしい穴が丸見えだ。上品な奥様の尻穴も欲情を誘ってくる。

「ああん……いやぁっ……ああんっ、届くっ、奥まで届いちゃうっ」

英里は困惑した声をあげつつも首をねじり、泣きそうな顔でこちらを見る。

「ねえ、ねえっ、お願い。キスしてっ」

直紀は立ちバックで前傾し、唇をぶつけて舌をからませる。

「むふんっ、ふうんっ、ううんっ」

青空の下、ねちゃねちゃという唾の音と、パンパンという立ちバックの打擲《ちょうちゃく》音が響き渡る。

「んんうっ……んんうん……ううんっ……あ、ああんっ」

英里がキスを解き、ベンチの背にしがみつきながら、大きく震えた。

見れば、下垂した乳房から、乳白の液体がぽたりぽたりとベンチに垂れている。

(興奮すると、ミルクが出ちゃうのかな)

直紀は夢中になって両手を伸ばし、人妻の乳頭をつまんだ。

「あひぃぃっ！」

英里の喘ぎ声が一オクターブ高くなる。

両乳からは母乳が、しゅわわわーと、勢いよく噴出している。

手がミルクまみれにもかかわらず、乳搾りしながら激しく腰を振る。

「はあああんっ、エッチッ、直紀くんのエッチっ……ああんっ、おっぱいが、おっぱいがぁぁ……ぴゅっ、ぴゅっ、って出しながら……ああんっ、イッチャう！」

英里はもう何が何だかわからないといった様子で顔を振りたくる。

「母乳垂れ流しの英里さんっ、いやらしいですっ、くううっ」

四つん這いのような格好で、乳搾りされる人妻の姿が被虐感を煽り、尿道が熱く爛《ただ》れていく。

「ああっ、ふくらんでいるっ。直紀くんのが中で……はああんっ、いいわ、奥に、奥に熱いのかけてぇぇ」

いつもの気品ある奥様とは思えぬ乱れっぷりを見せて英里が、がくんっ、がくんっと腰を激しく痙攣させる。

こちらももう、ガマンできなかった。

「し、締まるっ、だめですっ、もう出しますっ、ナマ出ししますっ、あううう」

ぐいっと奥まで穿ったときだった。

めくるめく瞬間に頭が白くなる。精液が英里の膣奥に向けてしぶいていく。

「ああ……あああっ……」

あったかい蜜壺の奥に射精する心地よさといったら……。

「はああっ、直紀くんの注がれている。アアン、イクゥウウウウ！」

英里の腰が踊り狂うように上下にくねる。

(ああっ、英里さん、イッたぞ。今度はちゃんと女性を、挿入でイカせたんだっ)

美智子のときは、挿入ではイカせられなかった。

少しは成長できているのだろうか。

5

「どう？　珍しいでしょう。貝がメインの水族館なの」

展望台の次に英里が連れて行ってくれたのは、O島の中心部から離れたところにある、こぢんまりとした水族館だった。

魚ももちろんいるのだが、特にここにしかない貝があるらしい。

「うわ、大きいな」

薄暗い中、大きな水槽を見て直紀は声をあげる。

巻き貝が砂の上にいるのだが、岩みたいな大きさだ。

「世界最大の巻き貝なんですって。ウチの娘より大きいかも」

英里に後ろからギュッとされる。

おっぱいが背中に押しつけられて、早くも股間が硬くなってしまう。

「英里さんっ、誰か来たら……」

「大丈夫よ。夏休みにならないと、人はそんなに来ないから。それに、じゃれ合ってるくらいにしか見えないでしょ」

「いや、でも……英里さんの知り合いが、んあっ……」

背後から股間を触られて、直紀は情けない声を漏らしてしまう。

「ウフフ、もう回復したの？　元気ね」

「それはだって……おっぱい押しつけられたら……だめですよ、襲いたくなっちゃいます」

「いいわよ、襲っても」

「え？」

肩越しに振り向くと、英里がニコッとした。

「あのね……そういうデートしてみたいの。男の子がずっとエッチなイタズラしてきて、イチャイチャするみたいな」

「い、いいんですか？」

訊くと、英里は恥ずかしそうに小さくうなずいた。

「うん。今日だけ……直紀くんの好きにされたいの。私がイヤッて言っても、無理矢理にヤッちゃうみたいな……」

うつむき加減の英里が、とても可愛らしかった。

「そんなこと言ったら、ガマンできなくなっちゃいますよ。今だって……正直に言うと、人がいないから英里さんとしたいなって……」

するとと英里が耳元に口を寄せてきて、

「いいよ。直紀くんの好きなように」

そうささやき、身体を預けてきたから、もうとまらなくなってしまった。

「英里さんっ」

直紀は抱きしめつつ、夢中で唇を奪った。

「んんぅっ……んんっ……」

すぐに英里も積極的に舌をからめてきて、熱っぽい鼻息を漏らしはじめる。

（ああ、こんなキレイな人妻と、ヤリまくりデートできるなんてっ）

若茎はもうズキズキだ。

早くも、暴発しそうだった。

たまらず英里を最奥の暗がりに連れていく。

そして、水槽に彼女の身体を押しつけた。

水槽の魚が、驚いたようにパアッと散っていく。

もし人が来たら、というスリルを感じながらも、直紀は英里のブラウスのボタンを外してブラカップをズリあげた。

「えっ、そこまでするのっ……？」

英里がとたんにおどおどしはじめる。

「好きにしていいって言いました」

「だけど……服まで脱がすなんて……うぅんっ」

悩ましいほど盛りあがったバストのトップに口をつけると、英里はビクッと震え、目を細め、早くもハアハアと息を喘がせた。

乳首を舐めまわしながら、一方の乳房を手で強く握りしめる。

「ううんッ……アアッ……」

英里から、早くも感じた声があふれ出す。

興奮しきったままに、スカートをめくってパンティを脱がしてやる。

「い、いやああんっ……」

人妻は悶えながら、されるがままだ。

直紀はそのままパンティを爪先から抜いた。

そして片脚を持ちあげて開かせれば、スリットが口を開く。亀裂の内部は早くもぐっしょりと濡れている。

「もうこんなに……」

「だっ、だって……」

英里がいやいやする。

可愛らしかった。

「おねだりしてください。入れてくださいって」

直紀の言葉に、英里はまた左右に首を振る。

「そんなのだめ……」

「言ってくださいっ。襲いますよ」

英里は逡巡していた。

エッチな言葉を口にするのは、苦手なのだろうか。

しかしだ。

英里はやがてこちらをチラッと見てから、甘い吐息を放ち、

「い、入れて。おまんこに入れて、直紀くん……ああんっ、いやあんっ」

ついに言わせた。

うれしかった。

「エッチですっ、英里さん」

ズボンとパンツを下ろして、立ったまま英里を貫いた。

「ああんっ……まだ中にあなたの精液が入ってるのに……」

乾ききってない人妻のおまんこを、再び肉棒でえぐり立てる。

確かにぐちょぐちょしていた。

「だめですっ。今日はずっと英里さんの中、僕のザーメンが入ったままですっ。僕の臭いが落ちないくらい、何度もナマでしちゃいますっ」

「ああんっ、直紀くんのものにされちゃうのね」

いやいやしながらも、人妻は直紀にしがみついてくる。

島の人妻の欲望深さに驚きつつも、もっと彼女との快楽に溺れたいと、直紀はさらに激しく腰を動かすのだった。

第三章　ギャル妻のみだらな悪戯

1

島の天気は一変し、暴風雨になっていた。
「やだなもう。深夜にかけて、またひどくなるんだって」
英里の妹である理佳子は、ネイルを施した爪でスマホを見ながら、ふう、と息を吐く。
窓が、かたかたと音を立てている。
ガラスにぶつかる激しい雨は、一向にやむ気配がない。
窓の外は、暗くて何も見えなかった。
「やれやれ、申し訳ないな。せっかく夕食に招いたのにこんな天気になって。でもまあ風呂にでも入って、ゆっくりしてってくれや」

理佳子の旦那がカルパッチョを手でつまみつつ、すまなそうに言う。

くっきりと日焼けした肌は、まさに島の男という感じでワイルドだ。ひょろっとした自分とは正反対で羨ましい限りである。

英里とセックスをした次の週、理佳子に家に来ないかと誘われた。

もちろん断った。姉である英里に悪いと思ったからだった。

だけど、旦那も一緒だと何度も誘われたのでお邪魔することにしたのだが、こうして来てみれば、旦那は想像以上に格好よくてゲンナリしているというわけだ。

(こういう男の人が、理佳子さんみたいな可愛い女性を射とめるんだろうな)

ため息をついたときだ。

「直紀、食べようよ」

「あ、は、はい」

理佳子に言われて、直紀は夫婦の差し向かいの席に座る。

向かい合い、改めて理佳子を見た。

(英里さんの四つ下の妹か……)

直紀よりはふたつ年上の二十六歳。結婚四年目の人妻だ。

栗色のショートボブと大きくクリッとした黒目がちの瞳がチャームポイントで、二十六歳よりもずっと若く見える。

マスカラで盛った睫毛に、くっきりとした双眸。

ぷっくりとした厚めの唇は、きらきらとピンクに濡れ光っている。

いかにもギャルという雰囲気ではあるけど、サバサバしている性格もあってか、親しみやすい感じである。

(それに、人妻とは思えないくらいエロい格好がたまんないんだよな)

袖なしニットミニワンピースが、ぴったりと身体に張りついて、女性らしい丸みのあるボディラインがはっきりとわかる。

首元が大きく開いており、健康的な小麦色の肌が眩しかった。

姉の英里ほどの爆乳ではないが、スレンダー巨乳である。そしてニットミニから見える太ももが健康的でエロかった。

脚を組み変えたときに見えたが、ワンピースの下は白のホットパンツだった。

(この格好、都会の女の子たちもよくしてるよなあ……)

エロい格好をしたギャルなんかとは、直紀は今まで接点もなかったのだが……。

「ねえ、直紀。ワイン飲める？」

理佳子がワインのボトルを出してきた。

「ええ。弱いですけど……」

ワイングラスにつがれて、三人で乾杯する。

夕食はムール貝の白ワイン煮、いさきという魚のカルパッチョ、カワハギのバターソテー、色とりどりの料理が食卓を飾っている。

「うまいですっ、お店で食べてるみたいで」

「ウフッ、ありがとう」

褒めると、理佳子が相好《そうごう》を崩して笑った。

前屈みになると、ちらりと黒いブラジャーが見えてしまう。

（くうう……い、いや、だめだ……）

先日、姉の英里とイチャラブデートで四回もエッチしたのだ。

それなのに、その妹にも欲情するなんて……。

（で、でも……可愛いよな）

まだ結婚して四年目というから、ラブラブなんだろうと思っていた。

だが……。

「なあ、ちょっと塩が利きすぎてないか？」

旦那が料理を口にして、不満を漏らす。

「そお？」

理佳子は言われても、気にする素振りもない。

（なんかふたりとも素っ気ないような……結婚四年目だとこんなものかなあ……）

結婚どころか、つき合ったこともないから、直紀にはわからない。

「ところで、青葉くんは米川さんの方についてくれるんだっけ？」

突然旦那に言われてパンが喉につまり、慌ててワインで流し込んだ。

「えっ、いや……あの……」

「これからは観光に力を入れなきゃ、この島は死んでしまうんよ。米川さんを応援するって言ってくれないかな」

切実に言われて、考えてしまった。

英里に情が移っていたから、現村長側につこうと思っていた。だけど、こうして若い人間が島のことを真剣に考えていると思うと、こちらの意見もありだなあと考えてしまう。

「うーん。あの……前向きに考えます」

決められない、と言ったつもりだが「前向き」というのは言葉が悪かった。

旦那が手を差し出してきて、強い力でギュッと握られたのだ。

「前向きにってことは……。よかった、よかった。ああ、そうだ」

旦那は席を立つと、カメラを持って戻ってきた。

高級そうな一眼レフというやつだ。

「これ、しばらく使ってないから、もったいなくてさ。この島にいるのも夏の間だけなんだろ。思い出づくりに撮影すればいい」

「えっ、いや。そんな高そうな」

遠慮するも、持っていけと手渡される。

「結婚したときは、よく使ってたよね」

理佳子が懐かしそうに言う。

「ああ、でももう、そんなに使わないからさ」

旦那の言葉に理佳子は何か言いたそうだったが、何も言わなかった。

「でも、僕なんかには難しそうで」

「今のカメラは簡単だからさ。適当に押せば、キレイに撮れる」

「へええ……」

ファインダーを覗く。

画面に理佳子が入った。「きゃはっ」とピースをしてきたので、思わずシャッターを切りそうになる。

理佳子がピースしながら笑った。

「キレイに撮れるんだよねえ、そのカメラ。ねえ、直紀。テストもかねてモデルやってあげようか。好きな格好してあげてもいいよ。ヌードとか」

目の前でさらっと言われて、息がつまる。

「い、いや……そんな……」

おどおどしていると、旦那が笑った。

「アホか。そんなもんよりキレイな風景を撮りたいよなあ、青葉くん」

「え、あ、ええ……」

曖昧《あいまい》に言うと、理佳子が笑いながら口を尖《とが》らせる。

「どうせ私の裸は、島の風景に負けますよーだ」

冗談交じりだが、どうも先ほどからふたりはギスギスしっぱなしだった。

2

「まいったな」

旦那はスマホを切って、やれやれと独りごちた。

訊けば消防団所属の旦那は、暴風雨の島中を団員たちで見まわることになったらしい。

「朝までかかりそうだなあ」

旦那が理佳子に言うと、彼女は「えーっ、大変」と困ったような顔をする。

直紀はスマホの時刻を見た。

夜の十時。ちょうど頃合いと思った。

「じゃあ、僕も一緒に出ますよ」

まだ雨風は相当強いが、一向に弱まる気配がないのだから、しょうがない。

それを聞いた旦那は「え？」という顔をした。

「いやいや。この雨じゃタクシーも来てくれんし。それに俺も飲んだから、送っていけんわ。いいよ、泊まっていけば」

「は……え？」

思わず、理佳子を見てしまった。

彼女も普通に「そうね、それがいいかも」とあっさり承諾したから、直紀はカアッと頭を熱くさせる。

（い、いや……僕、あの……普通に男ですけど）

そう思うのだが、ふたりは特に思うことはないらしい。

（と、泊まる……え？　こ、今夜は……り、理佳子さんとふたりだけの夜……？）

まさかの展開に、緊張と同時に心臓がドキドキしっぱなしだった。

やばい。

顔がほころびそうなのを、直紀は必死にこらえた。

しばらくして、旦那は本当にこの雨風の中を出ていった。

（こんな可愛いギャル妻と朝まで……誰にも邪魔されずに……）

一瞬、彼女を犯すシーンを頭に思い描いてしまい、直紀は頭を振る。

「どうしたのよ、直紀。顔が赤いけど」

彼女が怪訝《けげん》そうな顔を向けてくる。

「な、なんでもないですよ」

取り繕《つくろ》うと、理佳子が大きな目を細めてきた。

「直紀、今、エッチなこと考えてなかった？」

ドキッとした。図星だ。

「えっ、ま、まさかっ！　そんなわけないですっ」

慌てたので、声が裏返ってしまった。

理佳子がクスクスと笑う。警戒されるだろうなと直紀は思った。

「私、ちょっと着替えてくるね、ソファに座ってて」

理佳子がダイニングから出ていった。

おそらくもっと露出の少ない服を着てくるんだろう。

（しまったな……だけどこんな可愛い人妻とふたりなんて、意識するのは当然だよ）

ところがだ。

戻ってきた理佳子を見て、思わず二度見した。

理佳子はルームウェアに着替えてきたのだが、ゆるゆるのタンクトップに下はショートパンツという、先ほどよりもさらに刺激的なものだったのだ。

（え？　え？）

ショートパンツはかなり短くて、太ももの付け根まで見えている。

しかも、タンクトップに浮き出ている、ぷくっとした乳首……。

（理佳子さんっ、ノ、ノーブラじゃないかっ！　ど、ど、どういうつもり……？）

もう挑発しているとしか、思えない。

「ウフフ、なあによ？」

彼女はそのまま隣に座ってきた。

柑橘《かんきつ》系の匂いがプンと漂う。

「どうしたの？　さっきから、おどおどして……」

「な、なんでも……ないですっ」

見てはいけない。そう思うのに、どうしても見てしまう。

（み、見るだけならいいよな）

直紀は深呼吸しながら、理佳子の目を盗んで彼女の胸を見た。

理佳子が前屈みになると、ゆるゆるのタンクトップの胸元が大きく開く。

（ち、乳首っ。ナマ乳首だっ！）

一瞬だが、薄ピンクの乳首がバッチリ覗けた。いや、もうタンクトップが緩すぎて、おっぱい全体が見えた。小麦色の美乳が頭に焼きついた。

「ウフフ、直紀ぃ……なあに見てるのっ」

突然缶ビールを頬につけられた。

「ひゃっ！」

直紀がびっくりすると、理佳子は「ウフフっ、反応かわいいっ」と、缶ビールをごくごくと喉に流し込み、小麦色の肌をアルコールで赤らめて上目遣いに見つめてきた。

目線が下にいく。乳首が「こんにちわ」をしている。

(絶対、わざとだ……からかってるんだ)

自分をエッチな目で見ている男と、ふたりきりの一泊。

(それなのに、こんな挑発的なことをして……僕のこと男として見てないんだ。本気で襲っちゃうぞ)

なんて、できるわけないことを妄想していると、

「ねえ、そういえば。さっきのカメラさあ。撮ってよお。テストしてみようよ」

「あ、はあ……」

言われて直紀はカメラを手に取った。

「ここがね、電源」

ソファの隣に座る理佳子が、右手を伸ばしてきた。身体を押しつけられて腋《わき》の下から甘酸っぱい匂いがした。

簡単な説明を受けたが、言われたとおりほとんどオートだ。

撮った写真をカメラの液晶画面に映してみると、理佳子が覗いてきた。

「うん、キレイに撮れてる。ねえ、続けてよ」

理佳子がソファに座ったまま、ちょっとセクシーに片腕をあげた。

レンズを向けると、タンクトップとショートパンツという扇情的な格好の人妻が液晶画面に映る。

(撮影なら、じっくり眺められるな……)

こっそりズームにして、理佳子のパーツを眺める。

キュートな顔立ち、細い首、そして胸の谷間に健康的な太もも……。

(くうう、エロいな……やばっ。勃《た》ってきた……って、あれ?)

理佳子は恥ずかしそうにしながらも、カメラのレンズに向けてゆっくりと股を開いていく。

その股の部分を見て、直紀はカメラを落としそうになった。

ショートパンツの隙間から、漆黒の繁みと赤い肉ビラがのぞいたのだ。

(マ、マンチラっ。理佳子さん、ノ、ノーパンだ。ノーパン、ノーブラなんだ!)

本能的にズームにする。

ショートパンツからハミ出した大陰唇が、画面いっぱいに映し出される。

当然、ばっちりと記録した。

「ウフフ……」

理佳子は脚を開きながら、赤ら顔で妖しげな笑みを漏らした。

「ねえ、直紀……今のポーズ、撮ったでしょ？　見せて」

ギクッとした。

「えっ？　い、いやっ、撮ってませんよ」

「なあにウソついてるのよお。シャッター音がしたわよ。しかも、なんだかレンズが怪しいところ向いてたんですけどぉ」

とろんとした目で見つめられると、思わず顔をそらしてしまう。

その瞬間を狙ったように、抱きつかれた。

「わっ、り、理佳子さんっ……」

「ウフフ……直紀って、可愛いね」

酔っているのか？

理佳子がタンクトップとショーパンという格好で、身体をすり寄せてくる。

とろけるような柔らかい身体と、フルーティなギャル妻の体臭に、直紀の股間は一気に硬くなっていく。

狼狽《うろた》えていると、

「どしたの？」

と、理佳子がニヤッと笑いかけてくる。

「ま、まずいですよ……」

妄想はしていたし、誘われているという自覚もある。

だが、相手は人妻で旦那は怖そうで……。

さらに言うと、すでに姉と身体の関係を持っている。

（理佳子さんとは……無理だよっ……うれしいけど……）

後ろ髪引かれながら、いやいやすると、

「なあによ……ねえ、もっと飲んでよ」

理佳子はテーブルにあった缶ビールを手に取り、口に当てて傾ける。

そうしてビールを口に含んだまま、両手で直紀を引き寄せ、抱きつくようにして唇を重ねてきた。

「ンンッ……ちゅっ……」

（ああ、キスしてるっ。え？）

驚いた。

生温かな液体が理佳子の口から流れ込んできたのだ。

（く、口移しでビールを飲まされるなんて……）

戸惑いつつも、可愛いギャル妻の唾液と甘い呼気の混じった液体を、こぼれないように、こくっ、こくっと喉を開いて嚥下する。

「んふっ。おいしい？」

キスをほどいた理佳子が、イジワルそうな笑みでこちらを見る。

（な、なんてエッチなことをしてくるんだ、この人……）

まるでショートヘアの似合う美少女に、イタズラをされているようだった。

こんな夢見心地があっていいのかと思っていると、さらにキスされた。

「んっぅ……ちゅっ……ううんっ……あんっ、直紀ぃ……あんっ……んんうっ」

悩ましい声を漏らし、理佳子はねちゃねちゃとビール味の舌をからませてきた。

唾も、唇も、体臭も、何もかもが甘ったるくて噎せてしまう。

（もうこれ、恋人同士のキスじゃないかっ……）

キスを外して、理佳子がとろんとした目を向けてきた。

「ウフッ、お酒臭いね……でも、おいしいでしょ？」

直紀は必死に首を振った。

「や、やっぱり……だめですって」

「ウフフっ。何が？　自分もベロ入れてきたくせにぃ。何がだめなのよ」

理佳子は直紀の首の後ろに両手をまわし、抱きついてきて、またキスだ。

（ああっ、抱き心地がたまらない）

理性が飛んだ。

直紀はキスしていた唇を外し、小麦色の耳やうなじに舌を這わして、胸のふくらみを揉みしだく。

理佳子がくすぐったそうに首をすくめて、こちらを見る。

「ウフフ、ガマンできなくなっちゃったのね」

「えっ……だ、だって……」

「ねえ、さっき撮った私のエッチな写真、どうするつもりなの？」

息がかかる距離で迫られた。

「え……」

「直紀がひとりでするときに、使ってくれるのかなあ」

「そ、そんなこと……」

直紀は赤面した。

それを見て、理佳子が口角をあげる。

「使うのね。私のエッチな写真……ウフフ。ンフッ……ンンッ……ぅんんっ……」

またキスされる。

息苦しいほどねっとりしたキスだ。舌がまるで生き物のように動いて口中をまさぐってくる。

(ほ、本気のベロチューだっ……うわっ、こんな激しい口づけ……)

いやがおうにも欲情が高まり、勃起がズボンの中でビクビクする。

するとまた、理佳子はズボンの上から股間を撫でてくる。

「やだ。直紀。だめって言ってるくせに……こんなにオチンチン大きくして……」

唇を外して、理佳子が笑う。

「だ、だって……り、理佳子さんが、いやらしいキスをしてくるから……」

「それだけじゃないでしょ。ねえ、ずっとこっちも見てるよね」

理佳子がタンクトップの首元を下げると、小麦色のおっぱいが露わになる。

美乳がぽろりと出てきて、直紀は思わず顔をそむける。

「な、何をしてるんですかっ」

「何って、見たそうだから、見せてあげたのよ」

こっちを向け、とばかりに頬を手で挟まれて、真っ直ぐに見つめられる。

ショートヘアがよく似合う、小麦色の肌の若妻は、大きな目がキュートすぎた。

（か、可愛い……可愛いよお……）

そんなアイドルばりの魅力的なギャル妻が、酔って何度もキスしてくる。

もう、無理だ……と思っていると、理佳子は直紀をソファに押し倒し、こちらのシャツのボタンを外しにかかってくる。

「えっ？　り、理佳子さんっ……何するんですか」

「何って……直紀は何すると思うの？　ねえ、口に出して言ってみて」

「そ、それは……」

「ンフッ。困ってる顔もいいね……」

また濃厚なキスをされ、シャツのボタンをすべて外されてしまう。

シャツを脱がされ上半身を裸にされる。

そして指でツゥーと胸板をなぞりながら、こちらの乳首に唇をつけてきた。

「んあっ……」

乳首をねろねろと舐めしゃぶられる。全身が震えた。

「ねえ、直紀ぃ……ホントにだめなの？」

拗《す》ねたような顔をされた。

それがあまりに可愛くて、直紀が照れていると、彼女は笑って、

「んー」

と、キスしてくる。

(ああ……もう、イチャイチャしまくってるよ)

夢心地で、だけどこのままではエッチしてしまいそうで……。

どうしたらいいかと思っていると、彼女はいよいよ直紀のズボンのファスナーを下げ、さらにベルトを外しにかかってきた。

「え……ち、ちょっと……」

直紀が狼狽えるのを尻目に、そのまま下着ごと下に引っ張られる。

硬くなった肉棒が、ぶるんと勢いよく飛びだした。

もあっとした青臭い熱気が鼻につく。

「あっ！　ちょっと、ま、待ってくださいっ……」

「だから、何を待つの？」

理佳子はネイルの爪で、優しく勃起の表皮を撫でてきた。

「んっ！」

そのソフトタッチに思わずビクッとすると、

「ンフフッ。びんかーんっ」

笑いながらまたキスして、右手で乳首もくりくりといじられる。その感触がまたも気持ちよくて、勃起が脈動する。

「ああ……ちょっと……」

「なによお。私に興味あるんでしょう？　見てもいいんだよぉ、ほれ」

理佳子がタンクトップを引っ張り、隙間からまたキレイなおっぱいを見せつけてくる。小麦色のふくらみは魅力的すぎる。

触りたい。舐めたい。だけど、英里や旦那のことが頭に浮かぶ。

「い、いや……ちょっと。ホントにまずいです」

「ンフッ……これでもまずいの？　オチンチン、大きくなっちゃってるよ」

「だって、恥ずかしいし」

「恥ずかしいだけ？　ならいいじゃないの……ンフッ」

パンツを爪先から抜き取られた。

ひとりだけ、全裸にされた。

「あ、だ、だめですっ」

「だめじゃないッ！　もうっ、直紀はだめって言うの禁止。わかった？　罰としてこれは私がもらっておくから」

パンツを広げられた。

「なあにこの……いやらしいシミ……」

ガマン汁のシミがべっとりついていた。恥ずかしくて顔が熱くなる。

「か、返してくださいっ」

奪い取ろうとすると、理佳子はパンツを丸めて自分のショートパンツのポケットに突っ込んでしまう。

「ウフフ……直紀のパンツは私がもらうって言ったでしょ。このパンツで、私もひとりエッチしちゃお。直紀の汚れたパンツで、スーハーしちゃうからね。ウフフ」

またイタズラっぽく笑われる。

「ああっ……ど、どうしてっ……こんな」

直紀が困り顔で訊くと、理佳子は眉を曇らせた。

「だって私、寂しいんだもん。私、飲むとエッチな気分になっちゃうのよ。それなのに旦那はかまってくれないし。それにキミは可愛いし。ねえ？　いいでしょ」

健康的に日焼けした身体で、迫られた。

またベロチューをしてくる。

「うふん……直紀ぃ……チュッ、チュッ、ンフッ、チュッ」

もう口の中は理佳子の唾まみれだ。

しばらくチューを続けてから唇を離し、理佳子はソファの上でズリズリと身体を下げていく。

「ふーん。おっきいじゃん」

理佳子が勃起を指でいじってきた。

「あ、あの、シャワーも浴びてなくて、汚いですからっ」

「ウフフ、そんなことキミは気にしなくていいの。私、直紀のなら平気だから。というか、もうさあ、ここまできて今さらでしょ？　観念しなさいよ」

理佳子は笑みをこぼすと、人差し指と親指で環をつくり、勃起の根元をつかんでゆるゆるとシゴいてきた。

「くっ……！」

思わず奥歯を噛みしめ、天井を仰いでいた。

しなやかな指でこすりあげられると、甘い陶酔が一気に駆けのぼってくる。

「ううん、んふっ……」

理佳子は髪をかきあげると、股間に顔を寄せてきて、舌で肉竿をぺろりと舐める。

「あ、ああ……」

全身が硬直し、爪先が伸びきった。

理佳子は根元を握りながら、目を細めてクスッと笑う。

「汗の味がするね」

「す、すみません。ああ、でも、こんないけないこと……」

「えー？　じゃあ、やめる？」

拗ねた顔をして、理佳子が訊いてくる。

「そんなに言うなら、やめちゃう？　やめちゃおうか」

「え、そ、そんな……」

ここまできてそんな……と困った顔をすると、理佳子は顔をくしゃくしゃにして、アハハと笑う。

「……直紀って、ホントに可愛いね」

理佳子は肉竿をつかむと、ゆっくりと亀頭に濡れた唇を被せてきた。

「うわあああ！」

直紀はぶるっ、と震え、あまりの気持ちよさに大きく背をのけぞらせた。

ピンクのぷるんとした唇が、自分のカリ首に密着している。

「んんっ……ンフッ」

理佳子はくぐもった声を漏らしつつ頭を打ち振って、唇をさかんに滑らせながら、時折、直紀の様子をうかがうように見あげてくる。

「あはっ。ずっとおっぱい見てんじゃん。オチンチン舐められながら触りたいんでしょう？」

ちゅぷっ、とチンポから口を離した理佳子が、挑発的に迫ってくる。

「え、そ、それは……おおあ！」

触りたいと言おうとしたのに、いきなりまた根元まで咥えられた。

（ああ……すごいっ……気持ちいいっ）

見ればギャル妻の口に、太い怒張が出たり入ったりしている。

理佳子は直紀の太ももに手を置いて、グッと奥まで口に含んでいく。そうして、スローピッチでゆったりと顔を上下に動かしはじめる。

「んふ……んんっ……ンンッ……」

人妻は苦しげな鼻息を漏らしながら、
ジュルルルル……。

と、ヨダレをあふれさせた唾で表皮を滑らせつつ、唇で優しく締めつけてきた。

「くぅ、うう……き、気持ちよすぎますっ」

大きく喘ぐと、理佳子は咥えたまま、んふっ、と笑った。

(く、口が小さいから……締めつけがすごい)

ショートヘアでロリフェイスの美少女に剛直を打ち込んでいるみたいで、イケナイ興奮が募ってくる。

「あは、びくびくってしてるね。ウフフッ……」

理佳子が性器から口を離し、直紀の上に馬乗りになった。

3

「ねえ、こっちも見たい？　私のアソコ……」

理佳子はショートパンツの股布を、自分の指でずらす。

(お、おまんこ……見えたっ！)

薄い恥毛の下に、小ぶりの薄肉があった。

皺《しわ》が少なく、つるんとして、まるで子どものようだった。

「もっと見たいでしょう、ウフフ……」

直紀の腹に跨がった理佳子が、そのまま身体を近づけてくる。

「えっ」

「見たくないのぉ、見たくないんですかあ？　私のアソコ」

理佳子は笑いながら、おもむろに仰向けの直樹の顔を跨いで、ショートパンツの股布を指でずらしてくる。

（おおおっ……！　ナマのお、おまんこが顔に当たるっ。顔面騎乗だ……）

鼻先が陰唇に当たる。くちゅ、という蜜の音が立ち、湿ったシナモンのような匂いを放ってきた。

「フフっ、ほらほら……ほれ、どうだ。ウフッ」

「んあっ、んぷっ……」

顔に押しつけられると、ぬらついた亀裂内部の粘膜が鼻先を包み込んでくる。

「あ、ちょっと待って。こっちがいい」

理佳子は楽しそうに言うと、くるりと背を向け、ホットパンツ一枚のヒップを直紀の眼前に突き出してきた。

「こっちの方が、いやらしい角度じゃない？　ウフフフ」

シックスナインの体勢になり、理佳子は、

「ほうらご開帳よ」

と、跨がったまま尻をこちらに向けつつ、背中からまわした手でショートパンツの付け根をずらして恥部をさらけ出してくる。

(うおおおっ、エロいっ)

あまりにすさまじい光景に、直紀は息を呑んだ。

丸い尻は意外にボリュームがあった。

ずらされたホットパンツの隙間からは、蘇芳《すおう》色の排泄の穴まで見える。下部にはうっすらと開き気味のピンクの花びらがあった。

尻が近づいてくると、むっと牝《めす》の匂いが漂ってくる。

目の前に赤く爛れたような女の園が広がり、内側がめくれあがって粘膜の奥までが見えていた。

(すごい、ぐしょ濡れだ……)

直紀は震える指で、湿った蜜口に触れる。

ぬるっ、と抵抗なく指が入っていく。

「やあん……直紀のスケベっ。いきなり指入れるなんてっ」

理佳子が肩越しに恥じらった顔を見せてくる。

(くうう、たまらんっ)

もういてもたってもいられなくなった。

直紀は桃割れに顔を押しつけ、狭間《はざま》に舌を走らせる。

「ああんッ……いやっ」

理佳子が悲鳴をあげ、腰をうねらせた。

頭がくらくらするような強い匂いと、しょっぱい味だ。

「あっ……！　ううんっ……やだあ……何その舌の動きっ……は、はげし……」

理佳子は身悶えしつつも、もっと触ってと言うように、直紀の目の前でヒップをくなりくなりと揺らしはじめた。

「だって……いやらしいんですっ、理佳子さんのおまんこ。もうたえられませんっ」

シックスナインの体勢で、直紀はギャル妻のホットパンツを自分の指で開き、陰唇に唇をつけて必死に舐めた。

ねろっ……ねろっ……。

じゅるるるるっ。

「あうううんっ……んんうう……んふうんんっ……」

感じてくれているのか、理佳子はセクシーな声を漏らして腰を震わせる。

(い、いいぞ……うまくやれてるっ)

直紀は尻たぼをしっかりとつかんで、さらに奥までをしゃぶり立てた。

「あんっ、そんな奥まで……舌が入ってくる……あううんっ」

理佳子がこらえるように、肉棒をギュッと握りしめてきた。

時折、思い出したようにシゴいてくれるのだが、すぐにまた手はとまり、ぶるぶると震えてしまう。

(フェラできないぐらい、感じてくれているっ)

直紀はもたらされる快感をこらえつつ、さらに責めようと指で理佳子のクレヴァスを広げてピンクの内側に舌を走らせた。

舌先に、ぷっくりとしたものが触れた。

(理佳子さんのクリだ)

包皮をつけたクリトリスを舌先で捏《こ》ねつつ、さらには口に含んで優しくチューと吸いあげると、

「くぅぅぅ！　そ、そこだめぇぇ……敏感なところだから、ぁああっ……あっ、んっ……ああっ！」

理佳子の余裕がなくなり、シックスナインのまま、直紀にしがみついてきた。

よし、と、さらに責める。

舌で包皮を剝くと、つるんとしたクリトリスの本体がぬっと現れる。

それを舌でリズミカルになぞっていくと、

「ぁああっ……！　だ、ダメッ……やだぁっ、直紀っ。お願いっ、それだめっ……感じすぎちゃうっ……だめっ、だめっ……おかしくなるぅ……！」

理佳子はびくっ、びくっ、と尻を痙攣させる。

やはり感じている……うれしくなって、さらに舌を激しく揺らすと、

「は、ひいいっん、そんなとこ、だめっ……やだっ、イクッ……直紀の舌なんかで、イキたくないのにっ……いやあああんっ」

ショーパンにタンクトップという格好のギャル妻は直紀の上で、全身をビクン、ビクンと大きく痙攣させるのだった。

4

「やだもう……直紀にイカされるなんてぇ……」

直紀の身体から降りた理佳子が、上目遣いにこちらを見た。

「今度はわたしがフェラしてあげようか。それとも、オチンチン入れてみたい？」

またショーパンをズラしながら、理佳子が挑発してくる。

ドキドキしつつ、直紀は、

「……い、入れたいですっ」

と、はっきり口にする。

「ウフフっ、さっきまでダメって言ってたのにね？」

イタズラっぽい笑みで、理佳子がまたキスしてくる。

(もうだめだっ……姉と妹、どっちともヤルなんていけないことだけど……でももうガマンできない)

理佳子を組み敷いたときだった。

ビーッ、ビーッと、何かが震える音がした。

どうやら脱いだズボンから、音がするようで……。

(し、しまった！　完全に忘れてた)

今日、理佳子の家に来る前に、姉の英里から連絡をもらっていたのだ。

「理佳子の家にいる間に連絡する」という内容である。

直紀は慌てて脱ぎ捨てたズボンをまさぐり、スマホを取り出す。

画面を見れば、すでに着信は六回もあった。

（ま、まずい……英里さん、完全に疑ってるっ……）

もし理佳子と何かあったら、二度とエッチはしないと、きつく言われているのだ。

（どうしよう……取りあえず英里さんに適当なことを言って、すぐに切ろう）

どっちともエッチできるのでは？　と、虫のいいことを考えているときだ。

「誰から？」

理佳子が訊いてきた。

「い、いや……友達からです。こ、こんな時間に久しぶりに電話してくるって、何かあったかなあ。ちょっとすみませんっ」

空々しく言いつつ、何もつけずに全裸のまま、スマホを持ってリビングを出る。

襖《ふすま》があって、開けて覗いてみると何もない和室だった。

（勝手に入ってすみません）

心の中で謝りながら、中に入って電話に出る。

「も、もしもし」

『あっ、直紀くん？　大丈夫？　この雨風で理佳子の家から帰れなくなっちゃってるんじゃない？』
英里が心配そうに言ってくる。
「ええ、それで……その……理佳子さんの家に泊まることに……」
電話で話しながら見あげて、驚愕する。
理佳子が入ってきて、和室の電気をつけたのだ。
『直紀くん？』
「え、ああ……泊まることになっ、なって……」
『え？　泊まるの？』
電話しつつ、スマホの表示を見る。
姉の英里が「電話をテレビ電話に切り替えて」と要求してきていた。
（えええええ！　そんなことできないよっ）
慌てていると、理佳子が後ろにまわってきてスマホの画面を覗き込んでいた。
（やばいっ）
慌ててスマホを隠しても遅かった。
理佳子はニヤッと笑い、直紀の耳元に唇をつけて、小声でささやいてきた。
「ンフ……相手はお姉ちゃんね。いいわ。テレビ電話にして」

（ええ？）

慌てて通話口を塞ぎながら、直紀は首を振る。

「ま、まずいですよ」

小声で言うと、理佳子は「ウフフ」と笑い、湿った声でまたささやいた。

「いいからテレビ電話にして。しないと、エッチなこと無理矢理されたって、お姉ちゃんに言っちゃうよ」

「そ、そんなあ……」

なんという姉妹だと思いつつ、話がいろいろこじれるとマズいと、仕方なくテレビ電話に切り替えた。

画面に訝しそうな顔をした英里が映る。

『直紀くん、理佳子は？』

「え？」

ドキッとした。

スマホの向こうで、理佳子がタンクトップの裾をつかんで、めくりあげながら頭から抜き取ったのだから、もうパニックだ。

（な、何してるの、理佳子さんっ！）

美しい美乳が、ぶるるんとこぼれ出る。

ツンと上向いた想像以上にキレイなおっぱいだった。目が点になる。全身がカアッと熱くなる。

『どうしたの？』

画面の英里が、眉をくもらせる。

「え、えぇーと……理佳子さんは、今、お風呂に入ってて……」

咄嗟《とっさ》にウソをつくも、目の前ではその理佳子は楽しそうにショートパンツも下ろし、一糸まとわぬフルヌードになった。

（なっ、なっ……）

大ピンチなのに、目が釘づけになった。

スレンダーなのにおっぱいがデカい。ウエストはくびれており、そのくせヒップはぷりんとしている。

（す、すごい身体……い、いやっ、見とれてる場合じゃない）

慌ててスマホ画面を見た。

英里が画面の向こうで、怒ったような顔を見せている。

『理佳子はお風呂なのね。ねえ、あの子、直紀くんにちょっかいかけてないわよね』

「か、かけてませんよ。旦那さんもいるんですから」

とにかくこの場を逃れるために、次々とウソをつく。

と、そのときだった。

素っ裸の理佳子が唇に人差し指を当て、シーッと言いながら近づいてきて、同じく全裸の直紀を押し倒してきた。

（り、理佳子さんっ。抱きついてくるなんて？　あっ、やばっ！）

スマホの画面が裸の理佳子の方を向きそうになり、慌ててこちらに向けた。

『直紀くん、今ってどこにいるの？』

英里が表情を曇らせて訊いてくる。

「えっ、今……？　リビングですよ。くうっ」

会話しながら直紀は呻いた。

信じられないことに、理佳子が直紀の勃起をあやしてきたのだ。

（り、理佳子さんっ、お姉ちゃんとテレビ電話してるのに。だめですって……くううう……）

スマホで英里とテレビ電話している。その画面の外では、妹の理佳子が「ウフッ」と笑いつつ、裏筋にねろっーと舌を這わせてきた。

（ああ、そ、そんなことされたら……くううっ……）

敏感な部分を舌で刺激され、ゾクッと全身に痺れが走る。

だが表情に出したら、姉の英里にばれてしまう。

直紀は脂汗《あぶら》をかきつつ、何でもないという表情で、英里とテレビ電話を続ける。

（美人の姉と会話しながら、その可愛い妹にフェラしてもらってる……）

天国のようでもあり、罰ゲームのようでもあった。

（気持ちいいのに、うっとり顔をしちゃいけないなんて……）

下腹部にもたらされる快楽をやり過ごして、なんとかポーカーフェイスを演じて、テレビ電話で会話していると、

『じゃあ、孝史《たかし》さんは？　どこにいるのかしら』

スマホ画面の向こうの英里が、理佳子の旦那のことを訊いてきた。

直紀はなんとか考える。

「い、今、旦那さんは向こうの部屋で電話してますよ。大事な話らしくて」

この家の中で、理佳子とふたりきりと伝えるのはマズいと思った。

『そうなんだ。じゃあ、彼のこと映してもらえる？』

英里が妙な提案をしてきた。

直紀の様子がおかしいと察しているのだろう。

「い、いや、そんなこと失礼ですよ」

『ねえ、直紀くん。何かおかしくない？』

「あ、あれ？　風のせいかなあ、電波が悪くて……よく聞き取れなくて」

もうバレてしまいそうだ。

このままテレビ電話を切ろうと思ったら、勃起を口に含んだ理佳子が、だめだめ、というように顔を横に振ってきた。

（だっ、だって……バレちゃいますって……くううっ）

スマホを持つ手が震えた。

理佳子がうれしそうに舌で鈴口を舐めまわし、さらには同時に、睾丸袋も手であやしてきたのである。

「うっ、あっ……」

腰が浮き、ハアハアと息が荒くなっていく。

（り、理佳子さんっ……まさか、お姉ちゃんの前で僕をイカせる気では……？）

ちらりと股間にいる理佳子を見ると、チンポを舐めまわしながら、小悪魔フェイスでニヤリ笑いつつ、見あげてきていた。

『直紀くん……今、へんな声あげなかった？』

ますます画面の向こうの英里が、不機嫌になってきた。

「へ、へんな声なんてあげてませんって」

こちらはフェラチオされているのをごまかそうと必死なのに、理佳子はうれしそうに直紀に抱きついてきて、スマホ画面を覗き込もうとする。

（うわっ、だめっ！）

慌ててスマホ画面を壁に向ける。

その瞬間を狙って、理佳子が「んー」と、キスを仕掛けてきた。

「ん、んぶっ」

唇を押しつけられ、思わず声が漏れる。

（くうう……なんて大胆な……）

強引にベロチューされる。

それが気持ちよくて、あわあわしながらも、直紀も舌をからめていく。

『あれ？　ねえ、直紀くん。壁しか映ってないわよ。なんかピチャピチャって、へんな音がしない？』

姉の声を聞きながら、直紀はその妹と、ねちゃねちゃと唾液をたっぷりからませる激しいディープキスに興じていく。

（ああ……とろけそう……ご、拷問だ……）

「んぶっ……音なんかしませんよ」

なんとかキスをほどき、画面の英里と会話する。

『そう？　それよりどうするの？　ホントに泊まるの？』

「は、はい……旦那さんも泊まってけって」

『そう。ねえ、直紀くんっ、絶対に理佳子に近づいちゃだめよ。理佳子が迫ってきても無視してね』

「は、はあ……」

（もう遅いですっ）

その理佳子はすでに素っ裸。

こちらも全裸で、いろいろされちゃってるのだ。

「ウフっ……」

理佳子は、こちらの気づかいをあざ笑うかのように、直紀の足元まで身体を下げていき、また勃起を咥え込んできた。

れろっ……れろっ……ンチュッ……チュッ……。

舌をめいっぱい使って、根元や鈴口を丁寧にねちっこく責めてくる。

(くおおお……)

あまりに気持ちよくて目を閉じそうになるのをこらえ、画面の英里を見る。

「あ、あの……英里さん。僕、そろそろ寝ようかなって」

『え？　まだ十時よ。あれ？　直紀くんっ、あなた……服着てないんじゃない？』

スマホ画面の英里が、切れ長の目を細めてきた。

(や、やば……！)

「き、着てますよ。首元が緩い、そういう服なんです」

慌てて取り繕うも、これはもう致命的だ。

『そういう服って……ねえ、ホントに孝史さんいるの？　まさか理佳子とふたりきりじゃない？』

図星だった。

「い、いや、いますって、うっ！」

また理佳子がキスしてきて、慌ててスマホ画面を壁に向ける。

『ねえ、また壁が映ってるよ。ねえ……直紀くんっ、何してんの？　ちょっと、理佳子を出してくれないかしら』

英里の怒った声が聞こえてくる。

しかし理佳子は姉の怒りなどどこ吹く風で、

「ウフフッ」

と、耳元で笑いつつ、ねろねろと首筋や乳首を舐めてくる。

（くうう……完全に遊ばれてるっ。かなりまずいのに……英里さんに理佳子さんとエッチしたなんて知れたら、絶対に怒られるし、口もきいてもらえなくなるっ……）

慌てていると、理佳子が耳元でささやいてきた。

「ウフッ。直紀って悪い子ねえ。お姉ちゃんとエッチしたんでしょう？　ねえ、お姉ちゃんにはっきり言ってあげて。理佳子の方がいいって。今、理佳子とイチャラブ中だから邪魔するなって」

とんでもないことを言われた。

（そ、そんなこと言えないよ……）

ぶるぶると首を横に振ると、理佳子は拗ねたような顔をして、また耳元に口を寄せてくる。

「ウフッ。じゃあ、お姉ちゃんの目前で直紀を犯しちゃうね」

（お、犯すって……あ、あわわわ……！）

理佳子は脚を大きく開き、直紀のそそり勃つモノをつかんで、それを自らのワレ目に招き入れ、腰を落としてくる。

(き、騎乗位っ!)

信じられなかった。

姉とテレビ電話をしているその後ろで、妹が騎乗位で跨がってきたのだ。

『ねえ、直紀くんっ、どうしたのよ?』

スマホの画面を見れば、英里が睨んでいる。

「い、いや……なんでもないですっ。理佳子さんは、まだホントにお風呂なんですってば、くううっ!」

理佳子が腰を落としきり、うれしそうに腰を動かしてきた。

(り、理佳子さんとヤッちゃった……ナ、ナマだ……まずいっ……)

『お風呂でもいいから、理佳子のところに行って。というか、理佳子を映して』

怒った姉の後ろで、妹の理佳子は汗ばんだ小麦色のおっぱいを揺らしながら、直紀の剛直を揺さぶってくる。

(入ってる……こんな可愛いギャル妻とエッチしてる……)

中はとろとろで、媚肉がキュッと締めつけている。

気持ちよすぎて頭がぼうっとする。

すぐに射精欲もこみあがってきていた。

だが、ここで流されるわけにはいかない。

「え、英里さん、やっぱり電波悪いみたいです。いったん切ってから、また、かけますから……」

騎乗位の理佳子の腰の動きがさらに激しくなり、しまいには、

「あっ……あっ……あんっ……ああんっ」

と、理佳子は眉間にシワを寄せた泣き顔で、色っぽく喘ぎはじめた。

(うわっ、理佳子さんっ、声はまずいっ)

当然ながら、テレビ電話の英里は色めき立った。

『直紀くん！　今、理佳子の声したでしょう？　ねえ、早くまわりを映してみて。ホントは何かしてるんでしょう？』

「う、映すって、いや、あの……あとでかけますから、もう切りますっ」

『だめよっ。ホントにだめっ！　理佳子とエッチしたら、もう絶対に二度とさせてあげないから！』

テレビ電話を切る前に、捨《す》て台詞《ぜりふ》が聞こえた。

直紀はため息をつき、和室の畳にスマホを置いた。

「ウフフっ、お姉ちゃんにバレちゃったねえ」

理佳子が上で腰を振りつつ、イタズラっぽく笑いかけてきた。

「わ、わざと声出したんでしょう?」

仰向けのまま、下から理佳子を非難する。

すると、理佳子が「えへっ」と舌を出した。

「そんなことないよっ、ウフフッ……でもいいでしょ。もう直紀は、私だけのもんだもんっ」

前傾してキスをしてくる。

(も、もういいやっ……ふたりともなんて虫がよすぎたんだっ)

直紀は下から理佳子の大きな尻をつかみ、上に乗せたまま腰を跳ねあげた。

「ああンッ!」

かなりよかったようで、理佳子はキスをほどいて大きく喘いだ。

「やああんっ……な、直紀っ……き、気持ちいいよおっ……あ、あッ、ああッ……あんっ」

と、かなり感じているようで、顔を見ればつらそうに眉間にシワを寄せ、泣きそうな顔でしがみついてくる。

可愛らしかった。

もうガマンしなくていいんだ。

思い切り下から何度も突きあげてやる。

「ああん、は、はげし……ああん、だめっ……あああんっ」

理佳子はしがみつきながらも、腰をグラインドさせてくる。

うねうねとうねる腰つきに、キュッと包み込まれるとろける膣肉……。

こちらももう限界だった。

「ぼ、僕、イキそうです」

ハアハアと荒い息をこぼしながら、理佳子の耳元でささやいた。

「あんっ、ねえ、ねえ、私の中で出して、ああんっ、直紀のいっぱい出して……ねえ、私、大丈夫な日だから……ああんっ、私も、イッ、イクッ……！」

理佳子が、霞《かすみ》がかった目で見つめてくる。

田舎の島には似つかわしくない、小麦色のアイドル顔の人妻と、こんな風にいやらしいことができるなんて、もう最高すぎた。

「アッ……！　イクッ……ああんっ、イッちゃう……」

騎乗位で、上に乗った理佳子がしがみついて震えた。

同時に柔らかい媚肉がギュウと収縮し、勃起を強くしぼってくる。

あまりの刺激に、いきなりペニスの先が決壊した。

「おおっ、で、出るッ……」

激しい射精に、目の前が白くなった。

ビュッ、ビュッと理佳子の膣内に、激しく注ぎ込んでいく。

「ああん、すごい……ああん、奥までいっぱい……熱いのが……あアンッ」

至福だった。

倒れ込んできた理佳子を抱きしめながら、旦那にだけは絶対にバレてはいけないなと、それだけを願うのだった。

5

次の日のことだ。

晴れたので、直紀はすぐに民宿に戻り、朝食を取ってから村役場に出かけた。

当然のことながら、英里には無視された。

（英里さんって、怒ると怖いんだな……）

おどおどしつつ、直紀は時間になって会議室に呼ばれた。

そこには村長選挙の両陣営の関係者が集まっていた。英里や理佳子の顔も見える。

どうやら選挙活動中に買収があったということで、正々堂々やろうと緊急の話し合いがもたれたとのことだ。

「なるほど、実弾かいな……」

理佳子の旦那の沢崎孝史が、腕を組んでジロリと後藤を睨んだ。

孝史は若い立候補者、米川の後援会幹部。

後藤は現村長の大村の後援会長だ。

「何を言う。実弾はそっちでも出したやろ」

後藤が反論した。両陣営の幹部たちが色めき立つ。

「何い？　証拠がないやろが」

孝史が鋭い声を飛ばす。

一触即発だ。

まいったなと思いつつ、理佳子と目が合った。

「ウフフッ」

妖艶《ようえん》な笑みを向けられる。投げキッスでもされそうな勢いである。

そして反対側を見れば……英里がすごい形相で睨んでいた。

(いや、へんなことになっちゃったな……これって、姉妹で取り合うって感じなのかなあ。でもふたりとも人妻だし……)

針のむしろか、それともハーレムか？

ふたりのことを考えていると、突然、理佳子の旦那の孝史から名前を出された。

「青葉くんも島の観光を助けてくれると言うとるんや。若いもんはみんなこっちにつく。もうそっちは無理やぞ」

へ？

一気に現村長陣営から、殺気だった視線を浴びた。

「何を言う。青葉くんは島の高齢化は問題だと、賛同してくれたわ」

は？

今度は米川陣営から睨まれた。

両方から、どっちにつくんだという無言のプレッシャーだ。

直紀は辟易《へきえき》した。

ただ保険福祉省から調査に来ただけの、底辺公務員である。

権限も威厳も何もない、ただの若者だ。

「あのう……」

おそるおそる口を開いた。

「予算はこの際、雇用を生み出す事業に使ったらいかがでしょう？　島に雇用が生まれれば若者も戻ってくるし、活気も出ると思います。島がそうやって潤った分、介護も報酬をたくさん出せば、医者や看護師は赴任してくると思うんです」

苦肉の策で、でまかせを言った。

対立させたくない一心だったのだ。

そんなこと、みんな当然考えてるよなあと思ったら……。

「いいかもしれんな」

「両方に得がある話か。ちょっと考えてみるか」

双方からあっさりと受け入れられて、拍子抜けした。

ということで、話し合いの結果、

「若い人間が旗を振ってくれ」

と現村長が引退し、選挙せずに若い米川が新しい村長におさまったのだった。

(まあ、談合だけど……こういう談合なら、悪くないよな)

結局みな、島を愛しているのだ。

田舎だ、何もないと直紀は辟易していた。しかし田舎の方が心が豊かになれる。直紀はそんな風に考えていたのだが……。

その日の夜は手打ちの宴会だった。

また両陣営からしこたま飲まされ、次の日は二日酔いだ。

「ああ……この島に来てから、ずっと二日酔いだよ……」

朝、布団でもぞもぞしているときだった。

(え……?)

甘い匂いが布団の中に漂い、直紀は訝しんだ。

それにやけに布団の中が熱い。

誰かの体温がある……と思っていたら、理佳子が顔を出した。

「ウフフ。おはよ。直紀っ……」

「理佳子さんっ」

「シッ！　旦那が寝てるうちに来ちゃった。昨日のお礼と思って。いいアイディアだったわ、さすがエリート官僚ねえ」

「いや、あのですね……僕はエリートなんかじゃ、くううっ」

布団の中でさわさわと股間を撫でられた。

「り、理佳子さんっ……って、あれ？」

理佳子は今、直紀の首に両手をまわして、キスしてきていた。

（あれ？　じゃあ、股間を触ってるこの手は誰？）

と思ったら、背後から頭をヨシヨシされた。

理佳子とのキスをほどいて振り向くと、英里が「ウフフ」と笑っている。

「え、英里さんっ！」

驚いて叫ぶと、英里も「シッ」と人差し指を唇に当ててくる。

「理佳子とのことはショックだったわ。でも、私もあなたとは不倫なんだから、とめる権利はないしね。昨日のあなたの提案と一緒よ。両方にメリットのある施策……つまり私たちもそれに習うことにしたの」

妹の理佳子が続ける。

「つまり、お姉ちゃんと直紀をシェアしようって決めたのよ。そうすれば、仲違《なかたが》いしないでしょう？」

ふたりがクスクスと笑った。

直紀だけが呆然とした。

「な、え？　シェア？」

「そうよ。ふたりで直紀くんとエッチするの。合理的でしょ？」

英里もキスしてきた。

朝から激しいベロチューだ。

（そ、そんな……僕の意見は無視かよ……）

と思ったが、彫りの深いエキゾチックな顔立ちの女優みたいな人妻と、大きな目の可愛らしいアイドルみたいな若妻のふたりにシェアされるなんて、そんな天国はないと思った。

「ウフフ……もう大きくなってきた。ねえ、直紀くん。あなたのものにして」

「ずるい、お姉ちゃん。ねえ、直紀。私が先っ」

狭い布団の中で、美人姉妹に翻弄《ほんろう》される。

この島にいる間、このハーレムが続くのかと思うと、もう都会には戻りたくないと、直紀は本気で考えはじめるのだった。

第四章　温泉地の未亡人に惹かれて

1

駅前ロータリーまでの道すがら、直紀は色づきはじめた山々を仰いだ。

赤や黄をぽつぽつと見せる山肌は、あと一カ月もすれば、あかあかと燃える緋《ひ》色となるのだろう。

今でも十分に美しいが、錦秋に染まる時期は圧巻に違いない。

（夏の海から、今度は秋の山か）

ここは大分県の山中にある温泉街だ。

空気が澄んだ秋晴れの空を眺め、直紀は離島の美人姉妹のことを思い出し、思わず顔をほころばせる。

姉は落ち着いた雰囲気の三十歳の人妻。

熟れはじめたグラマーな肉体で、ねっとりとしたセックスを直紀に望んできた。

妹は活発で、小麦色の肌が似合う二十六歳の若妻。

スレンダー巨乳というグラビアアイドルのような身体を見せつけ、直紀に際どいイタズラばかりをしかけてきた。

こんな美人でエロい姉妹と、別れるのは惜しかった。

島を後にするとき、本気でここに残ろうかと思ったくらいだ。

だけど、もちろんそんなことはできなかった。

ふたりとも旦那に愛想を尽かしたわけじゃなく、構ってもらえない寂しさを直紀で埋めようとしたのがわかっていたからである。

ひと夏のアバンチュールとして、いい思い出に浸るのが一番いいのだろう。

(田舎の人妻って、たまんないよな……都会の美人みたく鼻につく感じじゃないし、まわりにあんまり若い男がいないから、興味を持たれるし……)

ニヤニヤしていると、あやうくボストンバッグを落としそうになり、慌ててもう一度担《かつ》ぎ直した。

(しかし、さすがに三場所連続は無理だったか……)

直紀は先ほどまでいた村役場のことを、思い出していた。

「役場も人がおらんけん。あんたも、ゆっくりしちょるとええで」

総務課の遠藤《えんどう》というおじさんが、パソコンを指二本で叩きながら、のどかな方言で説明してくれたが、残念ながら今度の赴任先の村役場には美人はいなかったのだ。

（今まで、運がよすぎたんだよなあ……）

まあでも温泉に入りながら、のんびりするのもいいかなと気を取り直す。

滞在中、村の保養所を三カ月貸してもらえる予定だが、しばらく使ってないからボロボロらしく、キレイにするまでの間、十日ほど温泉旅館に泊まることになっている。

その旅館に行くため、駅のタクシー乗り場に向かっていたのだ。

そのときだった。

ベンチに座っている美女が、視界に飛び込んできた。

女性は漆黒のさらさらストレートヘアを、胸の辺りまで垂らしている。

二重瞼《ふたえまぶた》の大きくて切れ長の目、すっと通った細い鼻筋、そして濡れたようなふっくら柔らかそうな唇。

和服の似合いそうな、しとやかな瓜実顔《うりざね》は間違いなく美人だ。

黒のシックなタートルネックのセーターに、膝が見えるひかえめなミニという格好が清楚な彼女によく似合っていた。

二十代後半か、三十代前半くらいか？

悩ましいほどの色気を感じるのは、女に暗鬱な雰囲気があるからだ。

目を惹く美しい顔立ちなのにどこか儚《はかな》げで、それが男心をくすぐってくる。

(いるじゃないかっ、田舎の美人……色っぽいな。人妻かな)

近くに行こうとすると、彼女はすり抜けるように立ちあがり、やって来たタクシーに乗り込んで走り去ってしまった。

追いかけたい……と思うのだが、他に空車のタクシーがいなかった。

すぐ来るのかと思ったが、待っても次のタクシーは一向に来ない。空車がやってきたのは、それから五分後のことだった。

後部座席の扉が開いて乗り込むと、愛想のいい運転手が笑顔で迎えてくれた。

「えーと『かえで温泉』やっちゃね。役場のもんから聞いとるでねえ」

「ああ、そうなんですか」

直紀は無愛想に、相づちを打つ。

(もっと早く来てくれたら、あの美人のタクシーの後をつけたのにな……)

といっても、別にタクシーが悪いわけではない。

「せやけど、大変ちゃねえ。三カ月ごとに別のところに行くなんて」

運転手が、ちらっとバックミラーを見ながら言う。

直紀は驚いた。

「なんで知ってるんですか？」

「東京からやろ。珍しかもん」

「はあ」

これは迂闊《うかつ》なことはできないなあと、直紀はげんなりした。

しばらく走っていくと、さらに山の中に入っていくので不安になってきた。

「こんなところに、旅館があるんですか？」

訊くと、運転手はまたバックミラー越しに答えてきた。

「行くのはよだきぃやけど、見晴らしはええけん」

「よだき？」

「ええっと……めんどう、ってこっちゃ。でもなあ、あの旅館も先代が亡くなって若女将《おかみ》が切り盛りしてるんやけど、なかなか経営たいへんらしいで」

「そうなんですか」

「客足も少のうなってなあ。それよりあんた。毎日こっから通うちゃね。足はどうするん？」

「役場の人が軽を一台貸してくれるんで、明日からそれ使います」

「なんや。ウチの倅《せがれ》がの……今は福岡いっちょるんやけど、クルマがもういらん言うてたから貸してもよかったのに。外車やで」

ちょっと自慢げにタクシー運転手が言う。

「え、外車」

二十万キロ走っているという軽自動車よりはよさそうだと、直紀は興味を持った。

「せや。ただ車高がえらい低くて、マフラーが雷《かみなり》みたいな音するけどな」

それって、ヤンキー車じゃないだろうか。

「ああそうそう。車検とおらんとも言うちょったな。まあええやろ」

「いやいや、よくないですよ。遠慮しておきます」

やはり田舎は緩いなあと思っていたら、ようやく温泉旅館が見えてきた。

2

旅館の建物自体は古いが、まわりは清掃が行き届いている。

直紀は大きなバッグを背負い、門をくぐる。

そのとき、揉めているような声が聞こえてきた。

（ん？）

門から玄関までのアプローチはずいぶんと長いのだが、その玄関の軒先で男女が言い争っている。

（まいったな、宿泊客の夫婦ゲンカかな……ん？）

男はダブルのスーツに派手なネクタイと、堅気《かたぎ》に見えない雰囲気であるのだが、女性の方は、先ほどロータリーで見た美女だったので直紀は驚いた。

（おお。ここに宿泊してるのか……？）

と様子を見ていると、いきなり男が女性を抱きしめた。ええええっ、と思った次の瞬間、女性が男の頬に平手打ちを見舞った。

なんだこの映画のワンシーンは。

呆然と見ていると、女性はパンプスを鳴らしながら玄関に入っていった。

男は頬をさすりながら、

「チッ」

と舌打ちして、こちらに向かって歩いてくる。

直紀は何も見なかった風を装うが、すれ違いざま、また「チッ」と聞こえるように舌打ちされて睨まれた。

風貌がカタギではなかった。借金取りか何かだろうか。

相手にしたくないなあと考えつつ、玄関に入ったときに小さな段差に躓《つまず》いた。

「わっ」

目の前の土間で靴を揃えている先ほどの女性がいた。

あっ、と声を出す間もなく、思い切り後ろから抱きついてしまった。

「やめてくださいって言ってるでしょう！」

振り向いた彼女に頬を張られた直紀は、びっくりして思わず土間に尻餅をついた。

そのときに右足を大きくひねってしまった。

「ひぎゃっ！」

あまりの痛みに足首を押さえていると、女性が気づいて駆け寄ってきた。

「えっ……？　すみませんっ」

しゃがんで、心配そうな顔で覗き込んでいる。

(いたたっ、おお、近くで見てもやっぱりすごい美人だっ……あっ)

思わず視線が、彼女のしゃがんだスカートの中をとらえてしまう。

慌てているのだろう、彼女は膝を開いていた。

ミニ丈のスカートが大きくまくれあがり、ナチュラルカラーのストッキングに包まれた白いパンティが、はっきりと見える。

（す、すごっ……こんな淑やかな人のパンティが……）

すぐに視線をそらしても遅かった。

彼女はこちらの目線の先に気づいたらしく、

「キャッ」

と、鋭い悲鳴をあげてスカートを押さえると、顔を赤らめつつ睨んできた。

「いや、ごめんなさい、つい……」

謝ると、彼女はそんな場合じゃないと踏んだらしく、

「いえ……それよりこちらもすみません、叩いてしまって……大丈夫ですか？」

と、赤くなった直紀の頬を撫でてきた。

冷たい彼女の手のひらが心地いいが、それよりも足首が尋常ではない腫れを見せてきていた。

「あの、頬はいいんですけど、その……足が……」

「え？　まあ！　ちょっと誰か呼んできますから……すみません、私はここの女将で、

佐倉志保里《さくらしほり》と申します。あの、お客様は……？」

「女将さん？　あ、あの……しばらくお世話になる、青葉です。青葉直紀」

「ああ、あなたが」

そんな会話をしていると、袢纏《はんてん》を着た男が奥からひょっこり出てきて、駆け寄ってきた。

「女将さん。どうしましたかね」

「ああ、正《ただし》さん。お客様が足首を怪我されて……部屋まで送って頂けるかしら」

男は「はい」と言って、直紀に肩を貸してくれた。

（女将さん……あの美人が、この旅館の女将さんか……タクシーの運転手が旦那を亡くしたって言ってたよな……未亡人か）

ニヤつくと、肩を貸していた従業員の男が怪訝な顔でこちらを見た。

「お客様、あの……失礼ですが、どこか打ちましたかね」

「え？　い、いや……」

取り繕うも、白いパンティを思い描くと、どうしてもニヤけてしまうのだった。

（なんか、アメリカのコメディ映画みたいだったな……）

部屋つきの露天風呂に身体を沈めて、直紀は息を吐いた。

玄関の段差で躓いただけで、女性にビンタされ、ついでに足首捻挫である。

運が悪いにもほどがある。

怪我をした右足にビニール袋をかけて浴槽から出して伸ばしたまま、

「うーん……」

と、大きく伸びをした。

（まあ、いいか。これで明日は仕事に行かなくてすむし……）

絞ったタオルを頭に乗せて、風呂の背に身体を預けて頭上を仰ぎ見る。

滾々《こんこん》と湧き出る湯と、もうもうとした湯煙に抱かれ、

「ああ……気持ちいい……」

と、思わず歓喜の声を漏らす。

檜《ひのき》だと思われる木風呂に浸かれば、檜の香りと硫黄の匂いとが相俟って、疲れた心を癒やしてくれる。

（それにしても、キレイだなあ……）

風呂から見る山の色に、直紀は目を見張った。

陽光に照り輝く紅葉もいいが、うっすらと夕暮れの光に包まれた木々の色も、ぼん

やりとした美しさを見せている。

(いい旅館なのになあ。もったいないよなあ……)

見あげると、庇《ひさし》の先がかなり傷《いた》んでいた。

やはり老朽化が進んでいるようだ。居心地はいいのだが……。

ざぶざぶと顔を洗いながら、女将のことを考える。

まごうかたなき美人である。

色白で凛《りん》とした雰囲気があって、接客業にはもってこいの華やかさだ。

長い睫毛に、大きくて切れ長の目。ふっくらとした唇……。

(色っぽかったなあ……)

加えてだ。

スカートの中身を覗いたときに見たムチムチの太もも。

さらには清楚な彼女によく似合う、シンプルな純白のパンティ……。

ビニール袋をつけた足首に気をつけつつ、ざぶっ、と湯船からあがってみれば、臍《へそ》を叩かんばかりの勢いで、勃起がそり返っていた。

(いやらしいこと思い出したら……まあ、いいか、ひとりだし)

洗い場の風呂椅子に座り、勃起したまま続きを思う。

あの美人がここの女将さんだったなんて……。

そう考えると、言い寄っていたあの男は誰だったんだろう。

なんだかわけがありそうだなあと、ぼんやり考えていたそのときだ。

(ん？)

隅にあるインターフォンが鳴った。

風呂で何かあったときの緊急時用らしい。

なんだろうと思いつつ出てみると、先ほどの女将さんからだった。

『すみません、気になって。今、お風呂ですよね。入浴は大丈夫ですか？』

濡れたビニール袋に包まれた足を見る。

「いや、まあ……面倒は面倒ですけど、ビニールで包んで濡れないようにしてくれたので、大丈夫みたいです」

旅館の従業員が包帯で巻いてくれたので、足首は固定できている。

明日、念のために村の病院で診《み》てもらうことになっているが、今はそれほど痛みも感じなかった。

『本当に申し訳ありません。なんてお詫びしたらいいのか』

「そんな。僕も悪いんですから。気にしないでください」

抱きついたのは、紛《まぎ》れもなくこちらが悪いのだからと恐縮していると、彼女は受話器の向こうで言いにくそうに、言葉を続けた。

『あ、あの……それで、お詫びということじゃないんですけど』

「はい？」

『お背中を……流させて、もらえたらなと。身体を洗うのも大変でしょうから』

は？

突然の美人女将の申し出に、言葉がすぐに出なかった。

「え、いや……」

『もちろん、その、青葉さんがよろしければですので』

ちょっとためらうようなニュアンスが聞こえてきたので、直紀は焦った。

「そんなことないですっ。ありがたいですよ、もちろん」

『そうですか、それなら……少しばかり、よろしいですか？』

インターフォンが切れた。

どうやら怪我をさせたことをかなり気にしているようだ。彼女なりにいろいろ考えた結果なのかも。

（でも、いきなりそんなことをしてくれるなんて……）

もし嫌々するのなら可哀想だな、とぼんやり思っていたら、ガラス戸の向こうに彼女がいて、慌てて直紀は洗い場の椅子に座って背を向けた。

ガラス戸が開く音がして、

「失礼します……」

と、背後から志保里の声が聞こえてきた。

（信じられない。ホントにこんな展開が……）

ちらりと肩越しに後ろを見る。

濡れてもいいようにだろう。彼女はTシャツに黒い短パンという格好で、長い黒髪を後ろで結わえてアップにしている。

伏し目がちな目元が色っぽい。

わずかに瞳が濡れているのが、なんとも艶《なま》めかしい。

直紀は見るのをやめた。

というのも、彼女は美人というだけでなくスタイルもよくて、一度見るとずっと見てしまうからだった。

薄いTシャツに短パンという格好だから、身体つきがよくわかった。

胸元はツンと盛りあがって、短パンからのぞいているのは意外なほど肉づきのいい太ももだ。

(ムチムチだ……小柄だけど、エッチな身体をしてるっ)

もう一度だけ、ちらっと背後を見た。

彼女はボディソープを持ってきて、タオルを泡立てている。

「背中、流しますね」

タオルで軽く背をこすられる。

志保里の温かい呼気や女の柔肌の匂いで、直紀のタオルの下の屹立がさらに持ちあがるのを感じる。

(あっ、しまった。勃起してたんだった)

そっと股間を手で隠し、チラッと肩越しに後ろを見る。

彼女が妙に恥ずかしそうにしていた。

(大きくしてるの……見られたかな……や、やばいな……)

何か話でもしようとして、山々の紅葉が視界に入る。

「あ、あの……眺めのいい旅館ですね」

「ありがとうございます。亡くなった主人が、ここをはじめたんですよ」

「亡くなった?」

本当はタクシーですでに訊いていたが、詳しく聞きたいからわざと尋ねてみた。

「ええ。三年前に病気で。それからは私が主人の代わりに……」

「三年前ですか……その……おつらかったですね」

「それは、もう……。でも主人は私よりかなり年上でしたので、覚悟はしているところはありました。この美しい旅館を残してくれて感謝してます」

ふいに手がとまった。

そのためらいが、まだ旦那を愛してるんだなあと思い、直紀は見たこともない旦那に嫉妬してしまう。

(だとすると、やはり気になる。さっきの恰幅《かっぷく》のいい男はなんなんだ？)

どういう関係なんだろうか。

新しい旦那？　まさか愛人？

下世話な考えをめぐらせていたときだ。

「あっ……」

ふいに右手が持ちあげられ、腋の下を洗われた。

「あっ、ちょっと……」

くすぐったさに身悶えすると、志保里はクスクスと笑った。

「失礼ですけど、青葉さんっておいくつ？」

「え、二十四ですけど」

「ウフフッ、私よりも十近くも下なのね。すごいわ。こんなにお若いのに、東京で頑張ってるのね」

十歳近い差というと、彼女は三十二、三歳だろうか。二十代かと思うほど若々しい気がしたが、この色気はやはり熟れた大人の女性ではないと出せないのだろう。

「いやあ、僕なんか……」

あやうく「辺鄙《へんぴ》な田舎ばかりに出張で」と、口を滑らせそうになり咳払いする。

「……その、僕なんか、たいしたことありませんよ」

「そうかしら。保険福祉省に勤められて、いろんな場所に出張されてるんでしょ？　私なんか、この村からほとんど出たことないし……」

「それは、もったいないなあ」

「え？」

志保里が訊き返してきた。

直紀は慌てる。

「い、いや……いろんな場所に住んでみた方が、って意味で」

本当は「こんな美人が、田舎でくすぶっていてもったいない」という意味だったが、もちろん口にはしなかった。

「そうね。都会には、おもしろいところもたくさんあるんでしょうね。ぜひ、今度いろいろ教えて欲しいわ」

しゃぼんの泡が、脇から背中にかけてヌルリと滑る。

薄いタオル越しに、彼女の指の感触がわかる。

志保里の指が肩甲骨《けんこうこつ》の内側や首筋、さらには尻までを這うと、どうにも感じてしまって腰をもじつかせてしまう

（なんか……い、いやらしい手つきだな……）

愛撫しているような指使いだった。

タオルで隠した股間がさらに持ちあがってしまい、慌ててまた手で隠す。

（だめだ……たまってんのかな……さっきからずっと勃起しちゃってるよ）

いや、たまっているというよりも、志保里のような美人に身体を洗われたら、健康な男子はこうなるに決まっている。

少し間があり、直紀は思い切って口を開いた。

「あの……さっきの玄関にいた男の人なんですが……」

「え？」

彼女の手がとまる。

（あちゃあ……やっぱ訊いちゃだめだったか……）

女将にもっと近づきたい。

だから訊いておきたいと思ったが藪蛇《やぶへび》だったようだ。

「い、いや……あの……すみません、ぶしつけに……見ちゃったもので」

「いいんです。あの人は地元の不動産屋なんです」

「不動産……？」

「ええ。まあ……青葉さんは普通のお客様とは違うのでお話ししますね。実はこの旅館もだいぶ老朽化が進んで……それに、ここのところお客様の入りも不調なんで、銀行から融資を受けられなくなっているんです。だいぶ借金もかさんでしまっていて」

「えっ……ああ……そうなんですか」

（そんな深刻な話だったのか）

後悔するが、ここまで聞いたら最後まで聞くしかなかった。

「そこで、あの……あの人は、楢橋《ならはし》さんっておっしゃるんですが、楢橋さんから融資をしてくれるという話をいただいて……」

そこで志保里は話をやめて、後ろで小さくため息をついた。

直紀は大体を理解した。

無理矢理に志保里を抱いていたのはつまり、彼女の身体目当てなんだろう。

「あ、ああ……わかりました。そうだったんですね」

（そういうことか……なるほどね……）

あのビンタからすると、未亡人女将はあの男を嫌っているようだ。

だけど、この旅館への思いを聞いてしまうと……もしかしたら、あの男からの融資を受けるのかもしれない。

いずれにせよ話が込み入っていた。

残念ながら、部外者が出る幕はなさそうだった。

「すみません、へんなこと訊いて」

「ううん。いいんです。従業員にもなかなか言えなくて。よかったわ、誰かにお話できて」

少し間があった。

湯煙が優しく身体を押し包んできた。

部外者ではあるが、彼女に何かしてあげたいという気持ちが湧いた。

「……その……僕が手伝えることなら……何か……」

背中を向けながら、ふいに言葉が口を突いた。

「え？」

と、彼女は後ろで拍子抜けしたような声を漏らし、それからクスッと可愛らしく笑うのが聞こえてきた。冗談か、社交辞令と思われたらしい
（まあそうだよな。手伝えることなんて、あるわけない）

なんだか無力感でがっかりと身体を丸める。

するとだ。

タオルを持つ志保里の手が、直紀の前の方にまわってきた。

「え……？　あ、あの……うっ！」

後ろから抱きつかれるような格好になり、彼女のＴシャツに包まれた乳房が、肩甲骨に当たった。

（え……な、え？　何？）

ふにょっとしたおっぱいの柔らかさと、中心部の突起のシコりを背中に感じて、直紀は息がつまった。

（なんで抱きつかれてるの？　しかも女将さん、ノ、ノーブラっ……！）

ブラをしていれば、もう少し硬いカップの感触があるはずなのだが……今は志保里のぬくもりとおっぱいのボリュームが、薄いTシャツ一枚を隔てて直紀の背中に伝わってきている。

（ああ、す、すごいっ……おっぱいがっ……柔らかいっ……）

着痩せするタイプなのか、胸の大きさは服の上から見たとき以上の気がする。

「あ、あのっ……女将さんっ……！」

驚いて、思わず声を荒げてしまった。

うれしいのに越したことはないが、刺激が強すぎたのだ。

「ウフ。どうしました？」

耳元でささやかれた。心臓が高鳴った。

「え……い、いや……その……お、おっぱいが……」

「あんっ、洗っているだけですよ」

またささやかれて、さらに乳肉が押しつぶされるほど押しつけられていた。

（わざと……？　女将さん、わざとおっぱいを僕に当ててない……？）

あわあわしていると、志保里が耳元でウフフと笑った。

「私のこといろいろ心配していただいて、ありがとうございます。あの……いやだったら言ってくださいね。すぐにやめますから」

色っぽい声だった。

「いやなんてことは、まったくないんですけど……でも……」

思わず本音を言うと、彼女はタオルではなく、今度は直に手でボディソープを胸板から腹へと塗りたくってきた。

「ううっ……」

直接細い指でなぞられ、直紀は思わず呻き声を漏らした。

(ああ……後ろから抱きしめられながら、手でぬるぬると触られて……こんなのエッチすぎる)

ソープを塗った手が滑るように身体を愛撫してくる。

さらに股間のモノが憤《いきどお》って、大きくなっていく。

そのときだった。

志保里の手が、下腹部にかけていたタオルを外した。

「えっ！　あ……お、女将さんっ」

しなやかな指が勃起に触れる。

「くううっ……」

しゃぼんにまみれてヌルヌルの女の指が、昂《たか》ぶりの根元を握りしめてくる。

「あんっ……こんなに大きいなんて」

肩越しに、志保里が覗いてきていた。

そして、太さや硬さをたしかめるような手つきで、肉茎を撫でまわしてくる。

「なっ……ううっ……くううっ」

それだけで、くすぐったいような刺激が襲ってきて、直紀はぶるる、と腰を震わせてしまう。

「ど、どうして……どうしてこんなこと……」

思わず訊いてしまう。

すると、今までは何も言わなかった志保里が、ため息をついた。

「青葉さん……その……先ほど倒れたとき、私のスカートの中をご覧になって、赤くなってらしたでしょ？」

ドキッとした。

確かにパンティを見たが、志保里はすぐに悲鳴をあげて両手で隠したはずだ。

「いや、その……あれは不可抗力で」

「そのときに、その……ああ、私に興味があるんだと思ったら、うれしくなってしまって……だから、私でよかったら……させてください。今だけは何も考えないで」

志保里の指が、キュッと根元を締めつけて表皮をこすってくる。

「うっ……」

快感が広がって、思わず唸る。

（まさか、こんな美人な女将さんに手で……ウソだろ……）

なぜ自分なんかに、と思っていても、身体は素直に反応してしまう。

「はあんっ……硬いわっ……」

分身をこすられながら、志保里の甘い吐息が耳をくすぐった。

彼女の泡まみれの右手がぬるり、ぬるり、と肉竿を刺激している間に、今度は左手が亀頭のくびれや、先端の鈴口といった敏感な部分を撫でてくる。

「あら、もっと大きくなるんですね……」

「それは……女将さんの手が気持ちいいからです」

「うれしいです。もっと、気持ちよくなって……」

彼女の手が根元から、カリのくびれまでをゆったりとシゴいてくる。

「あうう……」

直紀は首に筋を浮かべながら、身体を震わせた。

ソープまみれになった男根の先端から、透明なガマン汁がとろとろと垂れて、志保里の手を汚していく。

「ウフフ。いっぱい、オツユが出てきましたね」

彼女の勃起をこする手が、いよいよ敏感なカリ首ばかりを集中的に責めてくる。

(くうう……す、すごいっ……もう……やばいよ、これ)

腰がとろけるようだった。

その愉悦を、なんとかこらえる。もっとしてほしかったからだ。

鈴口からツユがしとどにあふれ、ソープと混ざったまま指で引き伸ばされて、ねちゃねちゃと猥褻な水音を立てる。

しかもだ。

志保里が両手を動かすたびに、背中に押しつけられたおっぱいがこすれ、柔らかく形を変えるのがはっきりと感じられる。

その頂点にある乳首も、さっきより確実に硬くなっている。

(女将さんの乳首……硬くなってるってことは、女将さんも手コキで感じているのかな。ああ、気持ちいい……天国だ)

尿道が熱く滾《たぎ》り、甘い痺れが生じて、いてもたってもいられなくなり腰をもじつか

せてしまうと、

「ガマンできなくなってきたんですね」

彼女は抱きつきながら、耳元でうれしそうに言い、さらに尿道口までソープをつい た指でヌルリと撫でまわしてきた。

「くおお……お、女将さんっ……」

ねちゃ、ねちゃっという音が、さらにリズミカルに響き渡ってくる。

「そんなにされたら、た、たまりませんッ……もう、出、出るっ」

震えながら肩越しに見れば、志保里の顔が近づいていた。

彼女はうっとりと艶っぽい表情をしつつ、屹立したモノを逆手に持って、執拗に刺激を続けてくる。

「くうう、も、もうだめ……」

細くて柔らかい指が気持ちすぎた。

「で、出るっ……ぐううっ」

とめるなんて、できなかった。

腰が熱くなったと思ったら、亀頭の先から大量の白濁液が、ぴゅっ、ぴゅっと飛び散り、洗い場の床に白い溜まりをつくっていく。

「ああ……」

意識が飛びそうなほどの快楽に、爪先がガクガクと震えてしまう。

直紀は風呂椅子に座ったまま、志保里に身体を預けるようにして射精した。

「女将さんっ」

射精の余韻を振り切り、くるりと振り向く。

ここまできたら、と、しゃがんでいる彼女を抱きしめて、思わず唇を奪っていた。

「んっ……ううんっ……」

彼女はされるがまま、舌をからめてきた。

（ああ、素敵だ……女将さんっ、志保里さん……）

ねちゃねちゃと、甘い唾のからまるディープキスをしながら、Tシャツ越しのふくよかな胸を揉みしだいたときだ。

志保里の身体が強張ったと思った瞬間、両手で直紀をどんっと突き放してきた。

「あっ……私……」

彼女はハッとしたような顔をして、そして伏し目がちに目の下を赤らめながら立ちあがった。

「ごめんなさい。ホントにごめんなさいっ。このことは忘れてください」

と、そのまま浴室から出ていってしまったのだった。

3

(忘れられるわけ、ないよなあ……)

次の日から、仕事に行っても考えるのは志保里のことばかりになってしまった。

なぜあんなことをしたのかと……。

だけど訊こうにも、訊いてしまうと余計に意識してしまい、関係が悪化するのではないかと臆病になってしまう。

(あのまま抱いてしまうのは無理だったかな、早急すぎたんだろうな……)

もう童貞ではないから、少しくらいはわかるつもりだ。

あのとき……彼女は求めていた。

それは間違いないと思う。

ただやり方がいけなかったのでは……？

パソコンを前に妄想していると、総務課の遠藤が話しかけてきた。

「ええ旅館じゃろ、志保里ちゃんのとこ」

「ええ……いいところですよ。眺望もいいし、設備がちょっと古いけど」

実際に『かえで温泉』は悪くない旅館だった。

食事も美味だった。ゆでもちやら団子汁やら、大分の名物をふんだんに出してくれて、それが旨いのだ。

「昔はなあ、秘湯って言われて、人気だったんだわ。だーけど、今の客は駅から近いとこか、繁華街に近いところばっかり行くんで厳しいみたいやなあ。従業員もほとんどやめたし」

遠藤はしみじみ言った。

「はあ、なるほど」

旅館に問題があるなら立ち直せるが、立地が問題となると根が深い。

例え融資を受けたとしても、続けられないのではないか？

かといって、別の場所に建て替えるのでは意味がないのだろう。

なぜならあの旅館自体が、志保里の旦那の思い出だからだ。

正直なことを言うと、旅館を畳んで新しい生活をすればいいのに、と直紀は思っていた。

あのまま朽ち果てて借金で首がまわらなくなるよりは、早めにやめるほうがいいのではないか？

「楢橋の旦那が融資するって言うちょるけど、まあ。だめやろなあ」

遠藤が遠い目をして言った。

「あの……ここいらで楢橋さんって有名なんですかね」

訊くと、遠藤はかがめと合図して、こちらの耳元に口を寄せてきた。

「あん人は楢橋家の婿養子じゃ。楢橋家は地主で、娘がひとりいて、それと結婚したんやな。娘は豪傑で旦那は尻にしかれちょる。滅多なことは言えんが、旦那はあこぎなことばっかりしちょるで。志保里ちゃんも関わらん方がええと思うがなあ」

どうやら悪名高くて、有名らしい。

なんとかそんな悪徳不動産とは、切れてくれたらなあと思うのだが、難しいのだろうか。

《私なんかこの村からほとんど出たことないし……》

ふいに、彼女と東京にいることを想像してしまい、直紀は頭を振った。

（いやいや、十歳近くも年が離れていて……ありえないよな）

それでも、優しい手コキが頭から離れない。

一目惚れどころか、もっと強く彼女に惹かれはじめているのは自分でもわかっていた。

4

足首は十日ほどで治り、すっかりよくなって普通にクルマで村役場まで通えるようになった。

「あっ、おかえりなさい」

役場から戻り、旅館の玄関に入ると、ちょうど志保里が出てきたところだった。

（おおっ！）

淡いピンクの着物を着て、黒髪をアップにして結わえている。

しとやかな瓜実顔《うりざね》の美人だから、思った通り和服がよく似合う。志保里の和服姿に見とれていると、

「どうかなさったの？」

「え？　ああ……あの、女将さんの和服姿を初めて見るので……つい、その……」

「ウフッ。直紀くんってお上手ね。年上にモテそう」

「えっ？　いや、そんなことないですけど」

さすがに十日も顔を合わせていると、くだけていろいろ話せるようになってきた。

（しかし、色っぽいな……）

細い廊下を志保里の後について、ドキドキしながら歩いていく。

和服姿の志保里は、いつもより淑やかな雰囲気を醸し出している。

やはり着物の着こなしは女将さんらしく堂に入っていて、所作も美しかった。

ほっそりした首筋と、なだらかな肩が艶めかしく、着物にうっすらと浮かぶヒップはボリュームたっぷりで、歩くたびに左右の尻肉が妖しくよじれている。

（あれ、待てよ……パンティラインがないな……ノーパン？）

着物を着慣れている人は、下着が響かないようにパンティを穿かないと、ネットか何かのいやらしい記事で読んだことがある。

（ああ、和服のお尻がこんなにエロいなんて……）

じっと見ていると、着物の生地に深い尻割れもうっすら浮かび、それが噎せるような色香を漂わせている。

「それにしても寂しいわね。今日で終わりだなんて」

志保里が肩越しに振り向いたので、直紀は慌てた。

「あ、ああ……でも、またここの温泉に入りに来ますからっ。絶対に」

強い口調で言うと、志保里がクスッと笑った。

「約束よ」

それだけ言うと志保里は頰を赤らめ、足早に行ってしまった。

（いい雰囲気じゃないかっ。くうう、もっといたかったなあ）

明日からは村所有の保養所を使うことになっている。

この旅館にまだいたかったが、自腹ではないのでわがままも言えない。

がっかりしつつ帳場の前を通ると、あの不動産屋の名が聞こえてきて、直紀は立ちどまった。

（いま、楢橋って……）

ちょっと覗けば、帳場で若い従業員たちが話していた。

「何時に来るの、楢橋さん」

「もうすぐ。んで、女将さんが紅葉の間で接待するんだって。いつも可哀想にねえ、せめてお酌ぐらいならいいんだろうけどさ」

「そこまでして、この旅館を守りたいのかしらね」

「旦那さんの忘れ形見だしね。でも、そろそろやばいんじゃない。私も次のところ探してるもん」

「マジ？　私も別のところ探そうかしら」

それからは就職活動の話になり、直紀はすっと帳場を離れた。

（あの不動産屋を接待か……それにしても可哀想って言葉が引っかかるな）

部屋に戻り、布団に寝転んでも「せめてお酌ぐらいなら」とか「可哀想」という言葉がどうしても頭から離れなかった。

（お酌以上を、させられるってことか……？）

わざわざ和服にしたのも、楢橋をもてなすためなのだろう。

気になるが、こっちは部外者だ。首を突っ込んでも迷惑がられる。

だが、目をつむっても、どうしてもいやな妄想が頭をよぎる。

直紀は起きあがって、紅葉の間に向かった。

探してみると、紅葉の間は離れのような場所にあり、客や従業員の姿は見えなかった。

直紀はすっと襖を小さく開け、中を覗き込んだ。

（ああ！）

やはり正解だった。

楢橋は志保里を抱き寄せて、和服の前身頃《まえみごろ》に右手を差し入れていた。

「あ、だめっ……な、楢橋さん」

志保里は困ったように、その右手を引き剝《は》がそうとしている。

「グフ……まだ旦那に操《みさお》を立ててるところがたまらんよ」

男の左手が、志保里の和服の前を割った。剝き出しの白い太ももを撫でながら、その奥へと手を忍ばせていく。

「あっ、いやっ……」

旅館に融資をしてもらうため、楢橋にいいようにされているのだろう。

志保里は泣きそうな表情をしつつも、抵抗はおざなりだった。それをいいことに、男はさらに志保里の身体を撫でまわしている。

（こんの、スケベじじい……）

見ていると、眉がひくひくしてきた。

怒りで肩が震える。

だが……ここで乗り込んでいっても騒ぎになるだけだ。

それに根本の解決にはまったくならない。

（どうにか今だけでもやめさせられないかな……あっ！）

ふいに先日、総務の遠藤が言っていたことを思い出し、直紀は襖を軽く叩いて、楢橋の名を呼んだ。

「なんだ？　女将以外はよこすなと言っただろう」

中から不機嫌な楢橋の声がする。

「いえ、楢橋様……実は奥様が急用だと……」

襖越しに適当なことを言うと、

「何い？　ここに連絡してきたのか？」

楢橋の声が裏返っていた。

やはり効いたようだ。

「は、はい。先ほど、ご連絡が……」

すると、ものの一分もしないうちに、楢橋は血相変えて飛び出していった。

（やっぱり、そうだったんだ……）

旦那は尻に敷かれていると言っていたから、奥さんのことを出せば気が変わるだろうと思っていたが案の定だ。

浮気なんかバレたら、あの男はすべてを失ってしまうのだろう。

（一か八かだったけど……）

直紀が襖を開けると、志保里が和服の裾の乱れを直しているところだった。

「……直紀くん……」

彼女は驚いた顔を見せるも、すぐに恥ずかしそうに顔を伏せる。

「あ、あの……すみません。余計なことを」

頭を下げると志保里は、

「いいんです。私も……こんなことをしていてはいけないと思ったし……」

と、言ってのろのろと立ちあがり、部屋から出て行こうとする。

その姿が妙にいじらしくて、胸に熱いものがこみあげた。

「お、女将さん」

直紀はふいに後ろから抱きしめてしまっていた。

(うわ、やばっ)

そんなことをするつもりもなかったのに……。

だけど、このままだと志保里はずるずると、あの男と関係を続けてしまう。

それが無性に、哀しかった。

守りたいっ……。

なんて簡単にはできるわけがないけれど、とにかく何かしてあげたかったのだ。

「あんっ……直紀くんっ……ちょっと……」

いきなり抱きしめられた志保里が、腕の中で藻掻《もが》く。

だが、すぐに身体の力を抜いてくれた。

「あ、あの……女将さんっ……」

「はい」

「あ、あの……僕が言うことではないと思うんですが、あの……そこまでこの旅館に固執しなくてもいいんじゃないですか？　このままだと借金がかさむだけで」

抱きしめながら、ついに口にしてしまう。

怒られるかと思った。

しかし彼女は、

「わかってます……もう、あの人はいないのに……ふっきらなければいけないとわかっているんです。でも私……どうしたらいいか……」

「と、東京に行きませんか？」

思わず口にすると、彼女は肩越しに「え？」という顔を見せてきた。

「新しい場所に行きたいって、言ってたじゃないですか」

「それは……」

彼女は直紀に背を向けたまま項垂《うなだ》れている。

憐憫とはまた別の熱い思いがこみあげてきた。

出会って間もないのに……。

だけど彼女の癒やされる雰囲気に、すさんでいた心が洗われる気がした。

できればずっと一緒にいたかった。

「ぼ、僕は女将さんの、し、志保里さんのことを好……んっ」

告白しようとすると、彼女が肩越しに急に振り向き、直紀の首を引き寄せてキスしてきた。

(志保里さん……)

すぐに唇が離れて、真っ直ぐに見つめてきた。

「私も、まだ合って間もないのに……どうしてかしらね。真っ直ぐだし、優しいし、あなたならなんでも話せる気がしたの。私もあなたのことが……」

「し、志保里さんっ」

直紀は包容に力を込めた。

やった。

この世の春が来た。

いいように考えれば、きっと今までの赴任先で女性たちに教えられたことが、童貞だったときの優柔不断さを直してくれたんだと思う。

以前だったら、告白なんてできなかった。

「ウフッ。ねえ、直紀くん……夜にでもお背中流してあげたいの。どうかしら」

「ええ？　も、もちろん」

直紀はふたつ返事でうなずいた。

気持ちが、まるで紅葉のように、めらめらと燃える。

当然ながら、背中を流すだけでは終わらないと、わかっていたからだ。

第五章　色めく湖畔の熟れ妻

1

（霧が出てきたなあ……）

直紀は小さな手こぎボートに乗り、釣り糸を垂らしながら、ぼんやりと辺りを見渡した。

この冬から、直紀は三重県の片田舎に赴任になった。

海に近く、牡蠣《かき》の養殖が盛んな場所で、大きな湖があるのが特徴だけど、そこまで観光スポットとしては有名ではない。

今までよりもうんと地味な町で、釣りぐらいしかすることがないのである。

（さむっ……）

直紀はジャンパーの前を掛け合わせて、ぶるっと震えた。カイロの封を切り、揉み込んでからポケットに入れる。

釣り竿はピクリともしなかった。

休みの日に残業したから代休をとってのんびりしているのだが、一匹も釣れる気配がないと、せっかくの休みをただボートの上でつぶしているようで面白くない。

（この霧みたいに、なんかもやもやする……）

直紀は釣り竿をボートに固定し、ハアとため息をついた。

気持ちが沈んでいるのは、釣りのことではない。

佐倉志保里のことだ。

彼女のことが、ずっと頭から離れないのだ。

あの日。

旅館に泊まる最後の日だから、背中を流してあげたいと言った志保里は、そのあと結局、部屋には来なかった。

志保里にもわかっているはずで、あれは抱かれてもいいというサインだったはず。

だけど結果的に来なかったのだから、単純にフラれたのである。

彼女が来なかった、その次の日。

帳場まで言って、思い切って志保里に最後の告白をした。

「本気なんです。僕と東京に行きませんか？」

九歳も年上の未亡人だったけど、でも、本当に本気だった。

だが。

「気持ちはうれしいんです。昨日も言ったように、私もあなたには特別な感情があるのは本当なの……でも私は東京には行けません。年齢のことじゃないの。まだ気持ちの整理がつかなくて」

志保里は迷いながらも、そう告げた。

（春が来たと思ったんだけどなあ……やっぱり秋の次は、冬なんだな）

寒々しい景色を眺めて、直紀はまたため息をついた。

志保里の心は揺れていた。

うぬぼれでもなく、好意を持たれていた。

だけど、やはり結局はあの旅館を選んだ。つまりは亡き夫がまだ忘れられないということだ。世の中そううまくいかないものだ。

場所でも変えようかと、直紀はボートを漕いだ。

霧があるのであまり遠くにはいかず、ほとりの方にしようと貸しボート乗り場の方に向かったときだった。

(あれ?)

ボート乗り場の浮桟橋の先頭に、佇んでいる女性がぼんやり見えてきた。

青いダウンコートに、ロングのウールスカートという格好である。

(久美子《くみこ》さんだ)

何度か釣りに来ているから顔なじみになったのだが、彼女はここの貸しボートのオーナーで藍本《あいもと》久美子と言い、旦那と一緒に釣りショップも経営している。

丸顔で、大きくてちょっとタレ目がちな双眸が可愛らしい。なんだかネットで見たことのある昭和のアイドルを彷彿《ほうふつ》とさせる人妻だった。

お客さんとの会話で聞こえてきた年齢では、三十八歳。

可愛さを残したまま歳を重ね、今は年相応の色香も漂わせているといった感じだ。

そんな美熟女だから、ちょっと気になっていたところである。

(久美子さん、何してるんだろ)

ボート乗り場にそのオーナー夫人がいるのは当たり前なのだが、どうも様子がおかしい。

霧で見えにくいが、思いつめたような表情をしている。

いつものほんわかした雰囲気とはまるで違い、霧の立ち込める湖面をじっと見つめているのだ。

何かへんだなあと思いつつ、ゆっくりと近づいていく。

すると彼女は浮桟橋の先に立ち、ショートブーツを脱いで桟橋に置き、さらにソックスも脱ぎはじめた。

（は？　え？）

この冬の最中に、靴を脱ぐ意味がわからない。

（濡れたから乾かすとか……いや、違うな……なんだ？）

彼女の思いつめた表情を見ていると、そのまま湖に入ってしまいそうな雰囲気を感じた。

（まさか……身投げ？　いやまさか……）

と思いつつも、直紀は全力でボートを漕いでいた。

「く、久美子さんっ！」

直紀は大声を放つ。

万が一と思うけど、飛び込んだらどうするかと考える。

（飛び込んで助けるか？　いや、でも寒いだろうなあ……待てよ、その前に自分も心臓とかやられて、一緒に死んじゃうんじゃ……)

なんとか踏みとどまってくれと、とにかく必死だ。

だが、彼女はこちらに気づくと、パアッと明るく手を振ってきた。

「へ?」

わけもわからずに浮桟橋にボートをつけると、彼女は不思議そうな顔でこちらを見てきた。

「どうしたの?」

「いやっ……だって……」

ボートの上から、彼女が脱いだブーツとソックスを見る。

その視線に気づいた久美子が、ウフフと笑った。

「まさかだと思うけど、私が飛び込むとか思ったの?」

「え、いや……」

「ああ、でも勘違いしちゃうわね。あのね、誰もいないときにたまにやるのよ。足だけ入れてね。パチャパチャ、って。冷たいけど、それで頭が冴えるのよ」

「え? あは、ははっ、そうですよねっ」

と苦笑いしつつ、内心ではホッとしていた。

そんな気分転換もあるんだと思いつつ、紛らわしいなと少し呆れた。

「ねえ、よかったらボートに乗せてくれないかしら」

彼女がしゃがんで見つめてきた。

(おううっ、やっぱり美人だ)

ドキドキしつつ、

「へ？　あの……で、でもお店は……？」

と、訪ねると、

「こんな冬の平日に借りに来るのは、奇特なキミだけよ。釣れないって言ったでしょう？　釣れた？」

「いや、全然です。ウフフ。ぴくりとも」

「でしょう？　ウフフ。ねえ、いいでしょう」

と、裸足のまま、ブーツとソックスを持って乗り込んできた。

(ご、強引だな……)

でもまあ、美人だからいいか。

とにかく美人は正義だ。何をやっても男は許してしまう。

彼女は向かい合って座り、

「ねえ、漕いでよ」

と、せがんでくる。

「どこに……？」

「ウフッ、どこでもいいわよ」

久美子がはにかんだ。

(可愛いな。無邪気な感じだし……なんだろう、ああ、そうだ。志保里さんに顔立ちがちょっとだけ似てるんだ)

久美子は黒のミドルレングスだから、ロングヘアの志保里とは髪型が違うが、二重瞼の大きな目がよく似ている。

志保里のひかえめな雰囲気とは違って、彼女は積極的だ。

そして、ダウンジャケットを着ているからわかりづらいのだが、おそらく志保里の方がおっぱいは大きい気がする。

(って、またそんなことを思い出して……)

感傷的になるのはもうやめよう。

そう思いつつ、ぼんやりと久美子を見ていたら、彼女は体育座りしたまま靴下をはきはじめた。

（……紛らわしいよな。あんなところで靴を揃えられて裸足になったら、そのまま入水自殺しそうだと間違えるじゃないか……ん？）

久美子が靴下を履いていると、足が開いてウールのロングスカートの奥がちらりとのぞけた。

パンティストッキングに包まれた、淡いブルーのパンティが見えたのだ。

（おおっ……）

長いスカートだから見えないだろうと思っていたが、思わぬラッキーに直紀は胸を弾ませる。

もちろんじっとなんか見ていられないから、パンチラは一瞬だった。

だけど、地味なグレーのスカートと、淡いブルーのパンティのコントラストがやけに目に焼きついた。

（ホントに、田舎の人妻って無防備だよな。どこに行ってもパンチラぐらいなら余裕で拝めるんだから）

だから田舎はいいなあと思っていると、久美子がじっと睨んできた。

「見えたでしょ？」

「え？」

「スカートの中が見えたんでしょ？　って言ってるのよ」

久美子が顔を近づけてきた。

「え、いや」

「あのね、そういう男の人のエッチな視線って、気づいてないと思ってるみたいだけど、全部わかるのよ」

言われて顔がカアッと熱くなる。

誰かにも、同じようなことを言われた気がする。

女性はやはり男の視線には敏感なのだろう。

「いや、その……」

しどろもどろになっているときだ。

久美子がいきなり脚の間に来て、背を向けて身体を預けてきた。

「あったかい。直紀くんって、意外と大きいのね」

ボートが揺れる。彼女を後ろから抱きしめるような格好になった。

艶々した黒髪からリンスの匂いが立ちのぼり、くらっとする。思わず久美子の首筋を嗅いでしまう。甘い女の匂いが鼻腔に広がった。

（ああ……やばいっ……）

股間のモノが硬くなりはじめていた。

（し、鎮《しず》めないと……）

と思い、腰を逃がそうとするも、久美子がウールスカートの尻たぶで、ぐりぐりと股間を刺激してくるので、逃げられなくなった。

「く、久美子さんっ……あの……」

困ってしまい、彼女の名を呼ぶと、久美子は肩越しにタレ目がちの大きな双眸を潤ませて見つめてきた。

「ああん、元気ね。私の身体で反応してくれたのね」

「えっ……それは……」

戸惑っていると、脚の間にいた久美子は、くるっと全身をこちらに向いてきた。

妖艶な笑みで、ズボン越しの股間を撫でさすってくる。

「うっ……」

しなやかな指に触れられて、ズボンの中の肉茎が、ビクビクと震えた。

「苦しそうね……ウフフっ」

久美子は直紀のベルトを手早く外して、ファスナーも下げてきた。

トランクスの前をまさぐり、勃起を引っ張り出してくる。

「え！　ええっ、いや、ちょっと……久美子さんっ」

狼狽《うろた》えていると、久美子は見あげてきて表情を曇らせる。

「浮気されたのよ、ウチの人に」

「え？」

「今頃、デートしてるんじゃない？　しかも、水商売の女とだなんて」

そこでようやく、いつもは優しげな笑みを浮かべている彼女が、沈んだ顔をしていた理由がわかった。

直紀は旦那の顔を思い浮かべる。

熊のような大きくて丸い体型で、正直、そんなにモテるという感じではない。ただ人当たりがいいので、話していると楽しい人だった。

「あの……何かの間違いでは」

「見ちゃったんだもの、ライン。ばっちりと」

「そ、それは旦那さんを問いつめた方が……」

直紀が狼狽えていると、彼女は勃起をつかんだまま珍しく厳しい顔を見せてきた。

「言うと、ケンカになっちゃうしね。もちろん、気持ちの整理がついたら話し合うつもりだけど、今はまだ……だけど、なんか不公平じゃない？」

久美子は男根を握ったまま、ねっとりとした目を向けてくる。

「それで、僕が代わりに……」

少し困った顔をすると、彼女は「ウフフ」と笑いつつ、勃起をこすってきた。

「誰でもいいってわけじゃないのよ、キミだからいいの」

「は？　え……くううっ」

訊き直そうと思ったのに、彼女がしごき出してきたので言葉が出なかった。

（ウ、ウソだろ……）

ボートは霧の中、乗り場から少し離れたところを漂っていた。

他にボートはいない。一艘が浮かんでいるだけだ。

だけどもちろん、ひらけているから、見られ放題である。

そんな場所でも、可愛い美熟女から「キミだからいいの」なんて告白されたら、健全な男子がエレクトしないわけがない。

2

「私みたいなおばさんじゃ不満だと思うけど、ねえ、今日は私につき合って」

さわさわと勃起を撫でながら、久美子がにこっと笑う。

(くうう、可愛いっ)

三十八歳だというのに、百五十センチくらいの小柄で童顔だから、かなり若く見える。

なのに所作や言葉遣いは大人びていて、息がつまるほどの大人の色香を醸し出してくる。たまらなかった。

「ウフフ。ビクンビクンって脈打って。悦《よろこ》んでくれているのね」

「えっ、だっ、だって……久美子さんみたいな可愛い人に触られたら、どんな男だって、おかしくなりますよっ」

正直な気持ちだった。

だが、その正直な気持ちすら、今までは女性に言えなかったのだ。自分がこんな美人に軽口を叩けるようになったことが、何よりもうれしかった。

「ウフッ。いいわ。もっとサワサワしてあげる」

次の瞬間。

久美子の手ではなく、顔が股間に近づいていた。

硬くなった勃起の根元をつかむと、ぷりっとした唇を丸く広げてくる。

「……んぁぁっ！」

いきなり頬張られて、直紀は呻いた。

寒空の中、温かな口に性器を含まれる心地よさに、腰がとろけていくようだった。

「ウフッ……んううんっ……」

久美子は髪をかきあげ、頭を打ち振って、ふっくらとした唇を滑らせてきた。

悩ましい鼻声を漏らしつつ、さらには舌も使いはじめる。

（くうう……やっぱり人妻だ……）

可愛いらしくても、三十八歳の人妻だった。

恥じらいよりも性的な欲求が昂ぶっているのか、咥え込みつつ、よく動く舌でねろねろと上手に亀頭を舐めてくる。

「うぐ……」

ねちっこく、キャンディーのように舐めしゃぶられて、腰がひりつくような快美に包まれる。

しかもだ。

ボートが揺れているから、ハンモックに乗っているようだった。

その状態で、久美子も揺れながらおしゃぶりしている。その動きが不規則で、気持ちよすぎるのだ。

股の間にいる久美子を見る。

彼女は見あげながら、さらに姿勢を低くし、ざらついた舌で裏筋やカリのくびれをかすめてきた。

「ううっ！」

あまりの刺激に思わず腰をうねらせると、小さなボートが揺れて、ちゃぷちゃぷと波が立った。

「あんっ、危ないじゃないのっ」

口元をペニスから離した久美子が、ぷうっとむくれた。

「いや、だって上手すぎて……」

正直に言うと、彼女は急に満面の笑みを見せる。

「上手と言われるとうれしいわ。もっと気持ちいいことしてあげる」

すると、久美子は四つん這いの姿勢をさらに低くし、裏筋にツゥーッ、ツゥーッと舌を這わせながら、なんと玉袋もパンツの隙間から引っ張り出して、そこにも舌を這わせてきた。

「おお……」

玉袋まであやされた。

全身がブルブルと震えて、必死にボートの端を握りしめる。

「ウフフ」

久美子はさらに勃起の裏側や切っ先を、めいっぱい伸ばした舌で可愛がりつつ、潤んだ瞳で見つめてくる。

「ああ……」

舐めながら見られるのは、男の征服欲をかきたてる。

ねっとりとした舌や口のぬくもりが、冬の冷気をかき消すように温めてくれる。いよいよ甘い陶酔感が、ジーンとした痺れを生んでくる。

「ああ……出そうですっ」

三十八歳の可愛い美熟女に、これほどまでじっくりとおしゃぶりされては、もうだめだった。

「ウフッ。出していいわよ。私のお口に」

久美子は勃起をちゅるっと吐き出して、タレ目がちな双眸を柔らかく細めた。

「い、いや、でも」

「いいのよ。今日は、すごくエッチなことをしたい気分なの」

今度は手でシゴキながら、深く咥えて激しく顔を打ち振ってきた。

ギュッ、ギュッと亀頭冠を唇で締められつつ、表皮をぷくっとした柔らかな唇でこすられる。

「くうう、そんな激しく……あっ、も、もう……」

「ウフッ」

下から見あげる目が、「出して」とせがんでいた。

続けざまに舌や口で愛撫され、下腹部にやがて抑えきれない欲望が宿って、もうどうにもならなくなったときだ。

「くっ！　あっ、で、出るっ……くうう」

強烈な刺激とともに、ぐわあっと尿道から熱いモノが噴きあがり、久美子の口中にビュッ、ビュッと注ぎ込んでしまう。

「むふっ、んふっ」

彼女が咳き込んで、涙目で見つめてくる。

苦しげに眉をひそめながらも、頬を窄めて吸引していく。

「くうっ！」

精を吸い出されるようで、震えながら久美子を見た。

彼女はつらそうにしながらも目をつむり、じっとザーメンを口中で受けとめている。

やがて長い射精を終えると、久美子がようやくペニスから口を離す。

そうして口を開けて、直紀に目を向けてくる。

(う、うわっ……)

直紀はハアハアと息をしながら、そのエロすぎる光景をまじまじと見る。

久美子の口の中には、白濁液がまだ残っていて、舌も歯茎もたっぷりのザーメン汁で見えなくなっていたのだ。

「す、すみません、こんなに出して……」

湖面に吐き出すのだろうか？

どうするのか見ていると、彼女は口を閉じて、んぐっと嚥下《えんげ》してくれた。

「あんっ、粘りと匂いがスゴイわ……フフッ、直紀くんの美味《おい》しかった」

まだ男汁の匂う口で、久美子は頬にキスしてくれた。

3

貸しボート屋の近くに、藍本家はあった。

真新しい瀟洒《しょうしゃ》な二階建ては、夫婦ふたりにしては少し広すぎるように思えた。都会で窮屈なマンション生活をしていた直紀としては、もったいないような気がする。

「寒いわね。ご飯の前にお風呂沸かすから」

久美子はリビングを出ていき、少ししてから戻ってきた。

ダウンジャケットは脱いでいて、Vネックのニットとウールのロングスカートという出で立ちである。

(お風呂か……)

手持ち無沙汰でソファに座っていた直紀は、ふいに志保里のことを思い出した。

あのとき……背中を洗ってもらえたら、そのままふたりで新しい生活をはじめられたのではなかったか。

その思うと、無理矢理にでも混浴しておけばよかったと後悔が募る。

そんなことを考えていると、久美子がどうぞと言ってきて、案内されて浴室に向かう。

広々とした脱衣場だった。

「タオルはそこのを使っていいからね」

久美子が出て行こうとしたときだ。

「あ、あの……」

呼びとめると、久美子がウフフと意味ありげに笑った。

「一緒に入りたい？」

ストレートに言われて、直紀はカアッと顔を赤くする。

「あははは。直紀くんって、面白いっていうか、可愛い顔してるわよねえ。けしてイケメンとかそういうんじゃないんだけど」

「はあ。そうなんですかね」

「そうよ。どっちかっていうとペットっぽいっていうか」

どういう顔をしてるんだろう。

自分ではまるでわからないので、呆けてしまう。

「大丈夫。褒めてるのよ。年上にモテそうな、癒やし系ってことよ」

なるほど、少し合点がいった。

自分の顔など、まあ標準の下ぐらいかなあと自己分析していたのだが、そういうヌイグルミ的なモテ方があるのかと、妙な自信も湧いた。

久美子が近づいてきて、直紀のシャツのボタンを外していく。

「あ、あの……」

「いいの。私に任せて。動かないでね」

彼女は直紀の長袖シャツとインナーのTシャツを脱がせて、さらに足元にしゃがんでズボンのベルトを外してくる。

（くうう、子どもみたいに服を脱がされるなんて……）

だが相手は当然ながら母親ではなく可愛らしい熟女だ。下を見ればVネックのニットの胸元が、いやらしい丸みを描いている。

ズボンとパンツを下ろされると、ぶるんと肉茎が勢いよく飛び出した。

「フフッ、出したばかりなのに、もうこんなに大きくして」

キュッと握られると、こぷっと奥から、ほんの少しだけ残っていたらしい精子が鈴口に顔を出した。

「あらっ、まだ残ってたのね」

久美子は優しく言うと、そのまま咥え込み、

「んっ……んっ……」

と鼻息を漏らしながら、強く吸いあげてくれた。

「ああ……」

早くも二度目の射精がしたくなり、むずむずとした疼きが下腹部を中心に広がって

いく。

「先に入っていて。洗ってあげる」

言われて全裸になって、広い浴室に入る。

湯船に入って足を伸ばす。ふたりで入れそうな大きなサイズだった。

(洗ってくれるってことは、まさか服は着てこないよな。バスタオルぐるぐる巻きってとこかな)

湯の中にある股間の昂ぶりは硬くなるばかりだ。

久美子の気が変わらなければ、めくるめく官能の一夜を美しい人妻と過ごせるのだから、こんな美味しい話はない。

だが……またふいに、志保里のことが思い出される。

薄いTシャツに短パンというエッチな格好で身体を洗ってもらって、しかも手コキまでしてくれたのだ。

(どうせだったら全部見たかったなあ。志保里さんのヌード……)

はあ……と大きくため息をついたときだ。

浴室のガラス戸に影が映った。

「いいかしら」

「え、あ、は……はい」

振り向くと、小さなタオルを胸から垂らしただけの、刺激的な格好の久美子が恥ずかしそうに身体を丸めて立っていた。

（は、裸だ！　全裸で……）

思わず目を奪われた。

小柄でスリムな体型だった。

バストやヒップは小ぶりだが、十分なボリュームがあった。

細いし、童顔なので少女のような体型だった。こんな三十八歳はいないだろう、まさに奇跡的な可愛らしさだった。

片膝をついてかけ湯をしているから、ヒップから太ももにかけての充実したむっちり具合が、目に飛び込んでくる。

全体的に華奢《きゃしゃ》でも、やはり熟女のボディラインはエロい。そして、ちらりとタオルが外れた隙間から見えた小さな乳首は、意外にも薄ピンク色だった。

透明感のある乳首が、まさに少女のようだ。

「いやだわ、そんなに見つめないで」

拗ねたような表情をする熟女に、直紀はときめいた。

（マ、マジで可愛いな……）

見ているだけで、グンと屹立が湯の中で大きくなる。

田舎には原石が転がっていると思うが、まさに久美子はそれだ。

もっと髪型やメイクに気合いを入れれば、都会にもいないような目立つ美女になるだろうに、そういう場がないのだろう。だから浮気もされてしまうのだ。

「背中を流してあげるわ。いらっしゃい」

「あ、はい……」

直紀は両手で股間を隠して立ちあがり、風呂椅子に腰を下ろす。

背後から、クスッと久美子の笑みが聞こえた。

「さっきオクチでしてあげたのに、いまさら隠すことなんて」

「いや、そうなんですけど」

早くも勃起しているのを、見られたくなかったのだ。

直紀は股間に手を置きつつ、ドキドキしていると、背後に久美子が身体を寄せてきたのが感覚でわかった。

（ああ……）

湯煙の中で、久美子の温かい呼気や甘い女の柔肌の匂いを感じる。手の下の屹立がまた持ちあがる。

そして、次の瞬間。

ぺたっ、と冷たいものが背中に塗りたくられ、直紀はビクッとした。

（え？　手？）

ボディソープでぬらぬらした久美子の手が、二の腕や腋の下をねっとりと這いまわる。

（タオルじゃないのか……）

優しくも、愛撫しているような指遣いだった。

ぬるぬるが、たまらなかった。

きっと、志保里があのまま背中を流してくれていたなら、こんな風に手のひらで洗ってくれたりしたのかも……。

そんなことを思いつつも、股間を大きくさせていたときだった。

「はうッ……」

ソープでぬるぬるした彼女の指が、直紀の乳首を弄《いじ》ってきた。

「あん、可愛い声……もっと気持ちいいことしてあげましょうか」

浴槽の縁に座るように言われ、股間を隠していた手をほどかれる。

「やだ、もうこんなに……」

久美子は顔を赤らめつつ、洗い場に膝をついてボディソープのポンプを押し、ミルクの匂いのする液体を手に取った。

いつの間にかタオルを外しているから、小ぶりなおっぱいや、陰毛や尻の丸みがすべて見えている。

三十八歳にしてこの清廉《せいれん》な肉体は素晴らしい。

息をつめて見ていると、彼女は手に取ったソープを、自分の乳房や股間に塗りたくっていく。

（え？）

そのまま抱きついてきたので、直紀の心臓はとまった。

「く、久美子さんっ」

「ウフフ……」

柔和な目が潤んでおり、四十路《よそじ》に近い人妻の欲情を孕《はら》んでいた。

そのまま背中に手をまわされて、ギュッとされる。

（うわっ、うわわわわ……）

抱きつかれたまま、人妻は身体を上下に揺すり、泡まみれの身体をこすりつけてきた。

（こ、これっ……ソーププレイじゃないかっ……）

体験したことはないが、女性が自分の身体を泡まみれにして、ぬるぬると滑らせながら身体を洗ってくれるプレイがあるのは知っている。

久美子が今、しているのはまさにそれだ。

泡まみれの少女のようなすべすべの女体がこすりつけられて、ぬるんっ、ぬるんっと滑ったまま洗ってくれているのだ。

「ああ、気持ちいいですっ」

思わず直紀も、久美子の裸体を抱きしめる。

胸板に押しつけられた乳肉が、ふたりの身体でギュッとつぶされて、そのいやらしすぎる感触にうっとりする。

（温かくて柔らかくて、ヌルヌルしたおっぱい……最高だ）

もっちりした肌、そして尖りのある乳首の感触が、直紀の身体にこすられて、なんとも言えぬ刺激を与えてくれる。

（うおおっ）

さらにだ。

柔らかな媚肉が、勃起に押しつけられた。

ワレ目から、くちゅという淫靡な音が立ち、亀頭の先端が濡れきった溝にこすられている。

「あん……いやあん……」

久美子が恥じらい声をあげながら、見つめてきた。

「直紀くんのオチンチンが、ビクンビクンしてるっ……ああんっ……そのまま入っちゃいそう……」

瞼を落とした、とろんとした目つきがたまらなく色っぽくて、直紀は久美子の表情を見ているだけで昂ぶってしまい、さらにペニスを脈動させてしまう。

「あん、もう……いやらしい子……うぅぅん……ぅんんっ……」

久美子はそう言いつつも息を弾ませ、さらにぬるぬるの身体をこすりつけてくる。

いつしかハアハアと彼女の悩ましい吐息が、耳のそばで聞こえてきた。

(久美子さん、感じてる……)

その声に昂ぶり、勃起の先からガマン汁がこぼれたのを感じる。

そして、彼女の亀裂からも、たっぷりの蜜があふれ出るのを感じた。それが互いの性器と性器にこすられて、ねちねちと淫靡な音を立てている。

「くうう、き、気持ちよすぎます」

喘ぎを漏らすと、ねっとりと目の下を赤らめた久美子が、裸身をこすりつけながら唇を重ねてくる。

（ううっ……こ、こんなの……過激すぎるっ）

ぬるぬるして柔らかな熟れた身体と、いやらしく舌でまさぐってくるディープキスに、もうとろけそうだった。

「んふ、んんうっ」

直紀も抱擁を強めつつ、舌で久美子の口中をまさぐり、甘い唾をねっとりとからめていく。

「あんっ、熱いわ……ズキズキしてる」

キスをほどいた久美子が、さらに上体を揺り動かす。

むにゅ、むにゅうう、と小ぶりなおっぱいがこすれ、ソープのミルクくささと、人妻の濃厚な体臭に包まれていく。

「た、たまりません」

気持ちよすぎてうっとりしていると、久美子ははにかんだ笑みをこぼす。

「ああんっ……だめ、私も興奮しちゃう……熱いオチンチンが、私のおまんこに入りたいって……ずっと、ビクン、ビクンって……」

せつなげな声を漏らしつつ、久美子は小柄で細身の柔らかな身体をシャボンまみれにして、丁寧に直紀の身体全体を洗ってくれている。

「く、くぅぅ」

直紀は脚をガクガクと震わせた。

「あああ、もうだめです。くぅぅ、そんなにしたら」

ペニスの甘い痺れが広がっていく。

だが久美子は身体を密着させながら、さらに小刻みに身体を上下させてくるので、直紀の昂ぶりが一気にピークに達した。

「んっ！　うう、だ、ダメ、出ちゃいます」

会陰《えいん》がひりつき、尿道に熱いモノがこみあがってくる。

「ウフつ、いいのよ……」

久美子は優しくささやいてくる。

しかし、無駄打ちはしたくなかった。

直紀は奥歯を噛みしめて射精をやり過ごしつつ、必死に訴えた。

「あ、あの……出すなら、その……久美子さんの中で……」

切実に言うと、彼女は恥じらいがちに口を開いた。

「ウフフッ。いいわ。ご飯の用意をしようと思ったけど、先にお布団に行きましょうか。あの人は明日まで帰ってこないし」

4

他人の夫婦の寝室というのは、なんとも背徳感にかられるものだ。

(ここで他の男に抱かれることが、旦那への復讐になるんだろうな……)

久美子はバスタオルを外して、ダブルのベッドの上で仰向けになる。

「直紀くん、来て……」

目の前に可愛らしい熟女が、艶めかしい目で誘ってきている。

小柄でスレンダーな少女体型だと思っていたが、少し開き気味の太ももを見ると、肉感的で十分に熟れていた。

直紀は緊張しながらも同じようにバスタオルを外して、久美子に全裸で覆い被さっていった。

そして、もうガマンできないとばかりに、大きく脚を広げさせる。

「あんっ、いきなり……いやっ……」

可愛らしい童顔が、顔を赤らめていやいやしている。

とても三十八歳とは思えぬ恥じらいっぷりに、ますます牡《おす》の本能が滾っていき、ギラギラした目で人妻の秘部を見つめる。

（うおっ、すごい……）

薄い繊毛の下に、アーモンドピンクの花びらが口を開き、ヨダレのような花蜜をたらたらと垂らして男を誘っている。

そっと指で開くと、中はさらに清らかなサーモンピンクだった。

使い込んではないように見えたが、ボディソープと混じった獣《けもの》じみた匂いが、熟女の美味しそうなおまんこであることを伝えてくる。

「ああ……キレイです。奥まで……ぐしょ濡れのエッチなおまんこです」

「ああんっ、言わないでっ……あっ……」

直紀は指を膣口にくぐらせる。

「あ、あんっ……！」

ぬるんと何の抵抗もなく指が嵌まり、久美子が裸体をのけぞらせる。

「すごい……久美子さんこそ……もう、どろどろじゃないですか」

膣内は煮つめた果実のように、熱くてぐちゃぐちゃだった。

しかもだ。

その挿入した指をキュッ、キュッと生き物のように食いしめてくる。さらに中指を奥まで入れると、

「ううんっ……いやあんっ……」

と、久美子は甘い声を漏らして、腰をもどかしそうに震わせた。

(た、たまらない)

直紀は指を抽送《ちゅうそう》させながら、舌をワレ目にくぐらせる。

「あうう！」

久美子は身をよじらせて、M字にさせられた脚をばたつかせる。

その脚を押さえつけながら、少し酸味がかった愛液を舌で舐めすくい、さらにクリトリスにまで舌を走らせると、

「はああんっ……ああっ」

と、久美子は喉を突き出して、背を浮かす。

(感じさせてるっ。僕が……)

思えば、以前は女性に対して積極的に責めることなどできなかった。

それが今や……。

こうしてやり方や手順を考えながら、女性を愛撫できるのだ。

誇らしい気持ちになって、さらに舌で小さな豆をちろちろと舐めると、

「ああっ……だめっ……ああんっ、待って……許してっ……」

と、ハアハアと息を荒がせながら、熟女が哀願してくる。

(こんなに乱れて……)

舐めながら上目遣いに見れば、久美子は眉をハの字にした泣き顔を披露していた。

やはり童顔でも、三十八歳だった
その欲情した顔がたまらなく色っぽく、ますます興奮して、舌でクリをぺろぺろと舐めまわしてやれば、粘膜の奥から蜜がしたたり、さらに激しく身をくねらせる。

「ああっ、いやっ……いやあああっ……」

久美子はちぎれんばかりに首を振り、髪を振り乱す。

そんな熟女の乱れっぷりを見ていると、直紀はやめることができなかった。

手を伸ばし、小ぶりのおっぱいを揉みしだきつつ、舌先を膣口にヌププと差し込んでいく。

「ああんっ」

熟女はさらに喘いだ。

いい感じでクンニできている。直紀は熟女の塩味に翻弄されつつも、口のまわりを蜜で濡らして舐め続けた。

そしてクリトリスに唇をつけ、チューーッと吸いあげると、

「はぁぁあああ！」

久美子はひときわ甲高い声を漏らし、開いた脚をばたつかせる。

「いやっ、だめっ、そんなにしたらっ……イッちゃう！　ああんっ、イクッ！」

彼女は紅潮した顔を左右に振りたくり、やがてビクッ、ビクッと腰を派手に跳ねあげてしまう。

（よし、舌でイカせたぞ）

うれしかった。

それでもまだ余裕があるので、舌愛撫を続けていると、

「ねえ、もうイッたからっ、ちょっと待って！　あんっ、だめっ……」

人妻が潤んだ瞳でお願いしてくる。

（もしかして、連続でイカせられるんじゃ……）

ますます発憤して肉芽を舐める。

すると久美子は、またも腰を動かしはじめていく。

連続して腰をうねらせる久美子を見ていると、何度でもアクメさせられるのではないかと自信が湧く。

（これだけ田舎の人妻を相手にしてたら、まあ上手くなるよな）

いや、上手くなっただけじゃない。

相手が、酸いも甘いも知り尽くしている人妻だからだろう。やはり彼女らは女の悦びを知っているから、これだけ何度もイケるのであろう。

（もう都会に帰りたくないな……）

そんなことを思いつつ、震える彼女を押さえつけながら、さらに女の恥ずかしい部分全体を舐めしゃぶると、

「だめっ、ああんっ……また……私……ああんっ……イッ、イクッ……！」

久美子が二度目のアクメ声を奏でたときだった。

直紀はクンニを中断した。すると、久美子は呼気を荒ぶらせながら、恨みがましい目を向けてきた。

「ああん……そんなにいじわるだって、知らなかったわ。ねえ……もう……直紀くんっ、お願い……」

「お願いって？」

わかっているが、直紀はあえて訊いた。

すると久美子は、眉間にシワを寄せて睨んでくる。

「ホントにいじわるなのね……可愛い顔してるくせに……ねえっ、入れてっ……もうガマンできないから、オチンチンをちょうだいっ」

と、久美子は目尻に涙を浮かべ、恥ずかしそうにしながらも哀願してくる。

そうして、直紀を仰向けにさせて、腰を跨いでしゃがんできた。

（おお、騎乗位か……上になるんだ……）

ゆっくりと丸みのある尻が下りてくる。

人妻はそそり勃《た》つ直紀の肉竿に指を添え、自らの狭穴に切っ先を向ける。

ゆっくりと花びらが左右に開かれて、亀頭が赤い潤みに埋まっていく。

「ぁああ……あああ……くぅぅぅ」

久美子がせつなげに眉を寄せ、蹲踞《そんきょ》したまま大きくのけぞった
ゆっくりと陰部が人妻の中に埋もれていく。広げられたワレ目から、熱い蜜がたらりとあふれてきた。

「おお……」

下になった直紀も、歓喜の声を漏らす。

熱い。そして、狭い。

みっちりした肉の襞が亀頭を包んでからみついてくる。

あまりに気持ちよすぎて、身悶えしてしまう。

久美子は最後まで尻を落としきると、

「ぁあああああッ、いやっ、いやんっ、大きいっ……奥まで……奥まで届いて……あううう」

すぐにガマンできないとばかりに、自ら腰を前後に揺らしはじめた。

直紀は下から見あげて、息を呑んだ。

(うおお……す、すごい)

「ああぁ、あぁん、んんっ」

恥じらうことも捨て去り、美熟女は腰を大きくグラインドさせている。腰の動きはなんともいやらしすぎる。

(た、たまらないっ、最高だ)

直紀も腰を突きあげた。

肉竿が、熟女の媚肉に食いしめられて揺さぶられる。

素晴らしかった。

田舎の熟女の欲望の深さを嚙みしめつつ、早くも射精への疼きがこみあげてくるのを感じ、直紀はブルブルと打ち震えてしまうのだった。

エピローグ

季節はゆっくりと春めいてきていた。

一年間の出張を終えて都内に戻ってきたものの、侘《わび》しいひとり暮らしは一年前と何も変わらない。

（田舎巡りの旅は、人生のご褒美だったのかなあ）

遊ぶ場所はない。

得たいの知れない虫やら爬虫類が出てくる、
人付き合いが面倒臭い。

などなど、嫌なことが多い田舎も、住んでみれば楽しかった。

それはもちろん、パンチラやブラチラばかりしてくる田舎の美人妻と出会えたことが大きいのだが。

（無防備だし、隙があるし……田舎の人妻、最高だよな）

だが……。

いい思い出だと割り切れずに感傷的になるのは、やはり志保里の存在だ。

《私もあなたのことが……》

あの言葉のあとに、もっと押しておけば……。

今頃この隣に彼女がいたかもしれないと思うと、半年経っても悔やんでしまう。

古いマンションの一室で、朝からカップラーメンでも食べようかとお湯を沸かしながらそんなことを考えているときに、インターフォンが鳴った。

「はい」

寝ぼけ眼《まなこ》で出てみると、画面に女性が映っていた。

『おはよう。直紀くん』

「は？　え？　し、志保里さんっ！」

『ウフフ。驚かそうと思って、黙って来ちゃったんです。もしご都合悪ければ、帰りますけど』

「わ、悪いわけありません。玄関を開けますから……」

オートロックを解除してから、志保里が来るのを待っていた。

よれよれTシャツはやめてポロシャツに着替えていると、ドアフォンが鳴った。

ドアを開ける。

白いブラウスと黒のタイトスカートという、清楚な格好の志保里がいた。

ブラウスもスカートもかなりぴったりしたもので、胸元の大きなふくらみが、息を呑むほどの存在感を見せている。

ロングヘアも、二重瞼の大きくて切れ長の目も、去年別れたときのままだった。

三十路を過ぎた未亡人の色香が、男くさい玄関でムンムンに漂っている。

「ごめんなさい。急に……」

「いえっ。ど、ど、どうぞ……」

1LDKの自室は、引っ越してきたばかりで、段ボールすらまだ開けていないものが多かった。

「ホントに何もないんですね」

志保里がぐるっと見渡してから言った。

「え……」

「メールをくれたでしょ。引っ越しの。そのときに何もないって書いてあったから」

そうだ。一斉メールを出したとき、志保里にだけは細かく書いたのだ。

「あら、朝からカップラーメンなんて……サンドイッチを買ってきたんです。キッチンを借りてもいいかしら」

「も、もちろん」

小さなキッチンに、志保里が立った。

黒いストレッチ素材のミニ丈のタイトスカートが、ぴっちりとお尻に張りついていて悩ましい丸みを描いている。

パンティラインが透けて見えて、朝勃ちの処理も終えていない分身が、短パンの中でふくらみはじめていく。

(た、たまんないっ……すごいお尻……)

じっとしてなどいられなかった。

持ってきたサラダを皿に盛りつけている志保里を、後ろからマジマジと見つめた。

「あ、あの……志保里さん……いきなりどうして……」

志保里は肩越しに、チラッとこちらを見た。

「考えたんです。あんなことをしてまで旅館を守っても、やはり亡くなった夫は喜ばないと思うし。それに旅館を買いたいって人が出てきて……全国展開してるホテルチェーンが建物を改装して続けるって。だから吹っ切れて……それに……」

志保里はこちらに背を向けながら、続けた。

「あそこにいても、直紀くんはもういないし……」

その言葉に胸がつまった。

気がつくと背後から、志保里を抱きしめてしまっていた。

「志保里さんっ……」

肩越しに振り向かせて、無理矢理に唇を奪う。

「うんんっ！」

志保里も自ら情熱的に舌をからめてきた。

理性が一瞬でとろけて、直紀も抱擁を強めていく。

「うんん……んぅぅん……」

激しい口づけをしながら、志保里のスカート越しのヒップをまさぐっていく。

「あんっ、だめっ……先に朝ご飯を……」

キスをほどいた志保里が訴えてくる。

しかし、その目が欲情に濡れているのを直紀は見逃さなかった。

「ずっと待ってたんですよっ……」

直紀はしゃがみ込んで、志保里のタイトスカートをまくりあげる。

ナチュラルカラーのストッキングに、白いパンティとムッチリした太ももが包まれている。

その迫力に身震いしながら、パンスト越しのヒップに頬ずりすると、

「あんっ、いやあんっ……」

志保里は肩越しに困ったような顔を向けてきた。

直紀はしゃがんだまま見あげて、パンスト越しの股間に指を忍ばせていく。

「いやなんて言って……もうここは湿ってるじゃないですかっ」

匂い立つ尻割れを見ながら、太もものあわいに手を入れて、クロッチ部分を撫でさすると、

「はん……ああっ……」

志保里はいやいやと身をよじって、尻を引っ込めようとする。

だがヒップをがっちりと押さえ込まれていては、逃げることもかなわない。

(ああ、可愛い声……九歳も年上なんて思えない)

興奮しながら、志保里のパンストとパンティを膝まで剝き下ろす。

にちゃっ、と、愛液の糸が垂れ、獣じみた生々しい匂いが鼻先に漂ってくる。

「ああっ……いやっ！　ねえっ……待ってくださいっ……」

志保里の恥じらいを無視して尻たぼをぐいと開くと、豊かな白い双尻の奥に、ピン

クの花びらが息づいていた。

そこに指を忍ばせていくと、

「ああぁっ……」

と、志保里は背中を伸びあがらせて、爪先を震わせる。

すごかった。

ちょっと花園に触れただけで、指に温かな蜜がまとわりつき、軽く動かすだけでネチャネチャと水音が響いてくる。

よし、もっと感じさせてやるとばかりに、直紀は鼻先を尻割れの奥に突っ込み、舌を伸ばして花弁を舐めた。

「ほ……おおっ……」

志保里が身を震わせ、背をぐーんと大きくそらす。

さらに、ねろねろと舌を泳がせると、

「は、ひう……だっ、だめっ……いやあぁん……た、立ってられない」

見あげれば、志保里はシンクをつかみ、身をくねらせつつ尻を突き出してきた。

恥じらいと欲情が、せめぎ合っているようだった。

（ああ、志保里さんも欲しがってる）

ぷりぷりしたヒップが、おねだりしている。

もう一刻も待てなかった。

直紀は立ちあがってズボンと下着を下ろし、硬くなった切っ先を、濡れた割れ目にあてがった。

そのまま蜜壺を、男根でズブズブと貫くと、

「あああ！　ふ、太いっ」

志保里は悲鳴をあげつつ、抵抗を弱めた。

そして、ギュッ、と、シンクの縁を握りしめる。

立ちバックのまま、朝のキッチンで犯される覚悟ができたのだろう。いや、それとも本能が欲しがってたまらないのか。

いずれにせよ、志保里はもう自分のものだ。

直紀は突き出してきた細腰をつかみ、立ちバックのまま、夢中でピストン運動を送り込んだ。

「はああんっ、そんな、いきなりっ……いやあああんっ……」

いきなり怒濤《どとう》の連打を浴びた志保里が、困惑の声をあげる。

しかし、もうとまらなかった。

相手は一目惚れした美しい未亡人。しかもキッチンという日常の場所で、朝っぱらからバックで犯しているという犯罪じみた行為が、ますます興奮を呼んでいく。

「いやなんて……志保里さんもこんなにぐっちょり濡らしまくって、ねえ、いいんでしょう？」

彼女の耳たぶを甘噛みし、ねっとりささやきつつも抜き差しのスピードを増していく。

志保里は肩越しに涙目を見せてきた。

「んはあっ……だ、だめえっ、もうイッちゃう……そんなにしたら、もうイッちゃいますっ！」

志保里はシンクを持つ手を震わせて、高らかに喘いだ。

「イッてくださいっ。僕も出そうです……こ、このまま出しますよっ」

直紀は少し躊躇《ちゅうちょ》しつつも、過激な台詞を口にする。

（もう、僕のものなんだ）

そんな征服欲にかられて、自然と言葉が口をついて出たのだ。

「あんっ、いいわっ……出してくださいっ。直紀くんのっ……志保里の奥にちょうだいっ、はああんっ……ああんっ……」

志保里の身体が震えて膣が締まった。

「ああっ、愛してるっ、志保里さん……出るっ」

未亡人の奥を穿《うが》った瞬間、震えるほどの至福が駆けのぼってきた。

切っ先から熱い白濁液を放出しても、それでもまたしつこくパンパン、パンパンと連打を送り込んでしまう。

「はああんっ、イッ、イクッ……奥に直紀くんのが……ああんっ、注がれてるっ……イクイクッ……あああぁッ！」

志保里は久しぶりの女の悦びを謳歌《おうか》するように、腰を激しく痙攣させる。

これから、ふたりで使うであろうシンクをしっかりと握りしめ、彼女は高みに昇っていくのだった。

（了）

※本作品はフィクションです。作品内に登場する団体、
人物、地域等は実在のものとは関係ありません。

ふしだら田舎妻《いなかづま》めぐり

〈書き下ろし長編官能小説〉

2021年11月8日　初版第一刷発行

著者……………………………………………… 桜井真琴

ブックデザイン…………………橋元浩明(sowhat.Inc.)

発行人……………………………………………後藤明信

発行所………………………………………株式会社竹書房
〒102-0075　東京都千代田区三番町８－１
三番町東急ビル６F
email：info@takeshobo.co.jp
http://www.takeshobo.co.jp
印刷所…………………………… 中央精版印刷株式会社

竹書房ラブロマン文庫　近刊目録

※価格はすべて税込です。

好評既刊

長編官能小説
ほしがる未亡人
庵乃音人　著

憧れの兄嫁とともに亡き兄の事業を継いだ男は、淫らな裏事業として未亡人に快楽奉仕を!?　豊熟の誘惑エロス！

770円

長編官能小説
つゆだくマンション
九坂久太郎　著

セレブな人妻たちを肉棒で啼かせる夢のバイトを受けた青年は高級マンションで快楽の日々を…。長編誘惑ロマン。

770円

長編官能小説
蜜濡れ里がえり
伊吹功二　著

九州の田舎に里帰りした青年は、かつて恋した美女たちに誘惑されて!?　方言美女たちの媚肉を味わう快感長編！

770円

長編官能小説
女子寮デリバリー
美野　晶　著

大学の女子寮に夜中に弁当を届けることになった青年は、よく食べる美人女子大生たちに誘惑され秘密の快楽を!?

770円